民间书信里的中华美德 · 永不消逝的爱 · 张乐天主编

玫瑰色的爱

ROSE LOVE:PASSION

张乐天◎编

我们的感情好得使我心里老是像吸饱了糖水的海绵，一被挤压就冒出甜甜的水……尤其是想到临别时感情的升华，更是像浸在蜜水里一样，甜透了心。亲爱的，你丰满的躯体、充满生命力的曲线……使我一再赞叹造物主的神妙，和你在一起待一分钟也是幸福。

天津出版传媒集团

天津人民出版社

图书在版编目（ＣＩＰ）数据

玫瑰色的爱 : 激情 / 张乐天编. -- 天津 : 天津人
民出版社, 2017.3
（民间书信里的中华美德 / 张乐天主编. 永不消逝
的爱）
ISBN 978-7-201-11565-8

Ⅰ.①玫… Ⅱ.①张… Ⅲ.①书信集—中国—当代
Ⅳ.①I267.5

中国版本图书馆 CIP 数据核字（2017）第 068649 号

玫瑰色的爱 : 激情
MEIGUISE DE AI JIQING

出　　版	天津人民出版社	
出 版 人	黄　沛	
地　　址	天津市和平区西康路35号康岳大厦	
邮政编码	300051	
邮购电话	（022）23332469	
网　　址	http://www.tjrmcbs.com	
电子信箱	tjrmcbs@126.com	
策划编辑	王　康	
责任编辑	郑　玥	
特约编辑	王佳欢	
装帧设计	明轩文化	
印　　刷	天津新华二印刷有限公司	
经　　销	新华书店	
开　　本	880×1230毫米 1/32	
印　　张	12.75	
插　　页	2	
字　　数	120千字	
版次印次	2017年3月第1版　2017年3月第1次印刷	
定　　价	42.00元	

出 版 说 明

　　"民间书信里的中华美德"是复旦大学当代中国社会生活资料中心与我社合作出版的一套丛书,"永不消逝的爱"系列作为此套丛书的开篇之作,所有参编的复旦学人和出版社同仁对此都倾注了极大的热情。

　　"永不消逝的爱"系列包含五本,分别为《蓝色的爱:真诚》《粉红色的爱:浪漫》《橙色的爱:细节》《灰色的爱:争吵》《玫瑰色的爱:激情》。这五本书分别由六组民间书信构成(其中《橙色的爱:细节》收录了两组书信),书信往来的主人公均为夫妻,在通信条件极为受限的情况下,他们通过书信沟通生活近况、倾诉爱慕之情、排解相思之苦。

　　这些书信内容是复旦大学当代中国社会生活资料中心张乐天教授收集、整理的,并由该中心工作人员制成电子文本提供给我社。我们在编辑的过程中,根据书稿内容进行了下列处理,先告知广大读者,以便于更好地阅读此书。

1.书中的"﹡"表示在该篇书信的最后会配有对应的图片。

2.考虑到有些书信语言具有地方特色或时代背景,编辑就此添加了注释,以便于读者理解或延伸阅读。

3.由于很多书信时间不详,我们根据书信内容进行了推理,并按照时间顺序进行排列。当个别信件时间不详也难以推测时,我们用××表示信件的日期。

在此,感谢复旦大学当代中国社会生活资料中心的老师们提供书稿、张乐天教授的全程配合、华东师范大学杨奎松教授的关心与指点。这是在大家的全力配合下,"民间书信里的中华美德·永不消逝的爱"系列才得以最终呈现给广大读者。我们希望通过这种形式,让对那些年代仍有记忆的人们借此抚今追昔,让年轻一代了解长辈们的生活经历,同时也唤起人们对当下美好生活的向往与珍惜。

"爱"是人类永恒的主题,也是本丛书所要体现的主旨,在平凡人的书信中,"爱"同样被展现得淋漓尽致。"民间书信里的中华美德"其他系列也将陆续面世,敬请广大读者继续关注与支持。当然,我们的工作难免有疏漏之处,欢迎读者批评指正,也请不吝赐教。

序

茫茫苍穹，漫漫岁月，在亿万可能与不可能的奇妙交织中，地球上神秘地孕育了最美丽、智慧的生灵人类。人类是宇宙中最幸运的存在。相辅相成，人类却一开始就似乎与苦难同在。战争、杀戮、灾害几乎成为创世记故事的主调，疾病、饥饿、痛苦、烦恼、焦虑一直是生活的常态，法国当代著名社会学家皮埃尔·布尔迪厄看清了人类的生存状态，写下人生最后一部著作——《苦难的世界》。

也许，人类真的犯有原罪，以至于不得不一代代历经磨难去赎那永远赎不清的罪！但亚当夏娃的故事更隐含着人类得以世代繁衍、生生不息的真谛，那就是内生于两性之间、存在于人与人之间的爱。

爱是无奈的，永远不可能摆脱经济、政治、社会、文化的纠缠；爱的表达总是打着时代的烙印。在中国，爱曾经被政治所侵蚀，更被阶级斗争搞得面目全非；后来，汹涌澎湃的消费主义大潮更在人们不经意间吞噬着人们心中最宝贵的情感。因此，今天我们需要做些工作，唤醒人们更多心中的爱；这就是本套小书的使命。

我们提供六套20世纪50至80年代普通中国人的爱情信。这些信受到时代的影响，但凌厉的政治运动、触及灵魂的思想改造都不可能遏制爱的流淌。这些信有着鲜明的个体特征，每个个体都以自己的方式呈现爱的内容。六套书信展现不同视角的爱，色彩斑斓，内涵丰富，给人启迪，发人深省。

这些信会把年长者带回到那些激情燃烧的、充满恐惧的或者无可奈何的场景。或许，这些信会令年长者回想起月光下的相思、油灯下的书写、左右为难的纠结、等信的焦虑、读信的泪花；逝者如斯，青春期的爱将重新滋润年长者的心田，令他们流连、陶醉。

这些信会把年轻人带进那个深奥复杂、神秘莫测的祖辈、父辈们的心灵世界，让年轻人有机会在书信空间中与先辈们进行面对面的交流。或许，年轻人会被先辈们的革命热情与奉献精神所感动，被先辈们各具特色的爱的表达所吸引。岁月茫茫，一旦汲取书信中爱的养料，年轻人前行的脚步将更加稳健。

朋友，打开那些书信吧。慢慢地阅读，细细地品味。有所思，有所悟，必有所得。让书信中隐藏着的爱意流进你的心、我的心、他的心、众人的心，世世代代，永不消逝！

本册书信主要是20世纪80年代两个年轻人的书信往来,男主人公张峰毅是某学校的老师,女主人公于淑芳是戏剧学校的学生,毕业后成为一名京剧演员。本书收录了二人从1979年至1986年的书信,在这期间,两人从恋爱到结婚,从结婚到生育,然而角色的变化丝毫没有冲淡他们之间的爱慕,责任的添加一点儿都没有弱化他们总是充满着温馨与想象的恋情。这组信件充满着玫瑰色的爱,其关键词是激情!

　　男女主人公在信中讨论了爱的基础:"共同的抱负、理想与事业上共同的语言","用自己的双手创造自己美好的生活,用扎实的行动在这个世界上打下我们的印记"。他们的看法至少可以给当今的年轻人一些启迪。这组饱含激情的通信不仅开了改革开放的风气之先,更以机巧、智慧与富有想象力的文字使爱的激情形象化,无论谁阅读这组信,都会受到"爱的感染",感受到大爱之中所包含的生命的力量。

张乐天

2016年10月10日

目 录

1979年

9月25日
10月4日
10月21日

1980年

1981年

1982年

1983－1984年

1985－1986年

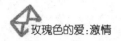

1979年9月25日

峰毅：

　　你好！来信收到，勿念。

　　在外学习近二十天了，我在团里虽说练点功，但只是小量地活动一下，可现在的活动量比以前增了好几倍，不光是单纯的形体训练，而且还有系统的理论学习和大量的脑力思维，开始几天老师对我们还比较客气，近来愈加严格，在原有的基础上又增添了新的项目，课程内容越来越深奥。为了使新学的东西尽快地被吸收，我的脑子一刻也不得安宁，老师新做的示范动作、理论上的新问题、唱腔的音符等。总之，与之无关的事根本不容我去思考，甚至连走路吃饭还想着老师在课堂上讲的内容。

　　深夜，明月当空，校园内万籁俱寂，皎洁的月光透过窗户，洒在我的床边，如同置身在另一个规定情景中，思绪随着秋虫的鸣叫声，向遥远的家乡飘游而去，在瑰丽奇妍的梦幻中，得与家人团聚，喜与你相见。此时，白天的疲倦随之消散，但这令人陶醉、使人留恋的梦，时常被我的甜蜜的笑声所中断。醒来，月光已悄悄地移去，我依旧孤独在此，余兴未尽，只好感谢上帝给我安排了这美好愉快的短暂时光。

峰毅，在此我不得不提醒你，我并不是那种具有古典色彩、现代风格的美的化身，而是现实生活中的极平凡、既无才又无能的普通女子，身上的弱点甚多，你过奖了。

我是不会轻易将心灵献给一个不值得我所爱的人，当要作出决定之前，必须有透彻的了解，这也是对我的声誉及将来负责任。上次片刻的相会，从你身上看到了使我钦慕的地方，对你产生了好感，但并不深知你的秉性及其他，希望来信时能细致具体地谈谈。

十一国庆即将到来，上海现在已看出节日的气氛，

听说这次的庆祝活动很隆重,我有幸看到大城市的节日概况了, 不知亳州的庆祝活动怎样? 学校放假三天,同学们都说好到处游玩,可我怎么也对玩不感兴趣,这三天时间我是舍不得将它浪费掉的。

你说的感兴趣的问题是指何而言? 我现在所要写的东西太多了,而且有些疑问还要请教你,等有时间再谈吧。

我在异地他乡,很想知道亳州的情况,你如有空可经常来信,这对我也是个精神安慰。

请你不要将我的心事转告任何一个人。

淑芳

1979年9月25日

1979年10月4日

峰毅:

　　你好！两封来信均已收到，阅毕来信，心情久久不能平复，触起对往事的回忆。自从接触社会，无论是生活还是工作方面，纤弱的我是经历过无数次风浪的。此刻心里异常的激动烦躁，往事一桩桩、一件件历历在目，记忆犹新，哎哟，不能让这可怕的思绪继续下去，不然的话又要失眠数日。在家里姐姐最了解我，每当看到我要自寻烦恼时，就找寻些使我开心的话，将我陷入困境的思绪引回来。可我现在就不能同在家里那样任性，只有自己照顾自己、克制自己，待我的心情平静之后，再叙这些烦恼之事吧。

　　以往我总认为只有自己是不幸的，别人都过着无忧无虑的生活，就极力压抑着这忧郁的情绪。自从

阅信后,你那发自心腹的慷慨之词使我惊愕,从你那热情奔放、充满朝气的外貌,怎能想到会有着令人愤愤的遭遇,尽管你在社会上已被碰得头破血流,可我并没因此对你有什么意见,反倒被你的这种逆流而上的精神所感动,可以说,我对你的好感也就是由此而来。我听的赞美话太多了,特别是男同志总是想方设法来恭维奉承我,华丽的辞藻是无法掩盖庸俗的灵魂的。但有谁能将虚伪的假面具揭去畅怀心腑?由于各种原因,我对男同志产生了一种偏见,对他们的态度是相当冷漠的,更谈不上发点什么善心,因为这个他们说我是"冷血动物"。可不知怎么的,我的心灵渐渐地涌出了同情心,这种前所未有的情感的流露是无法控制的。

近来身体欠佳,是练完功不小心着凉了,数日来低烧不停,头脑发胀,浑身无力,如在亳州就得休息一个星期,什么时候病愈,才去上班。现在学习任务这么重,一堂课不上就要掉队,只好强打起精神去上课。思家乡,心猿意马,中秋佳节即将到来,大家都欢欢喜喜过个团圆节,可我只有躺在病榻上独自观赏中秋明月,照原来的脾气,我是不想写信的,但好像有一种什么心情促使我一定要拿起笔来,尽管此时头痛得要炸了似的。

在家已养成睡觉之前看书、看报的习惯,学校里一个科室才几份报纸,根本轮不到我看,有时感到头脑里很空虚,如有可能的话,你可以尽力发挥特长,谈论点对人生世间及各种问题的看法,一方面丰富我的知识,再者也好填补我内心的空虚。

现在我已体力不支,极度疲乏,暂搁笔,余言续谈。

遥祝激流勇进的友人 佳节愉快!

淑芳

1979年10月4日夜

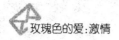

很想知道你对这几个问题的看法。

人与人之间的感情从何而来?

而这种感情是建筑在什么基础上?

这种情感将怎样得到巩固和发展?

1979年10月21日

张峰毅：

你好！来信收到。

自走上社会，上帝好像有意将我安置在矛盾的漩涡之中。满以为换了一个新地方，严格的校风和同学们的"纯洁"的思想能给我创造一个良好的学习环境。可入校不出一个月，倒霉事接踵而来。这对于一个凡事总依赖他人、享受惯了的我，又遭到一次暴风雨的袭击。只因我性格孤僻，处事冷漠，使得响水县来的两位同学对我产生偏见，说我高傲，不爱接触人，待人尖刻。和我一起来的、在团里与我有点矛盾的一个贱人，乘此机会做了点小动作，想让全屋的同学孤立我，当时我真气极了，说了一通刻薄的话，对她来个反击。事后，独自徘徊在校园内的林荫道上，

越想越伤心，对空长叹，暗自悲泣，倍思亲人。正当愁云笼罩着我的时候，你那封险些超重的信件飘然而来。阅毕，脑子快要炸开了，信中每一个字如同锋利的刀子，刺痛了我的心，似乎感觉到周围的人，甚至连你都揭开了假面具，露出狰狞的面貌，真令人恐惧。夜间总是做些稀奇古怪的噩梦，将我吓醒，满腹的愁闷对谁诉说呢？幸好紧张的学习不容我再深思下去，我只有在学习中寻找欢乐，自我宽慰。待我心情稍微平定、冷静之后，仔细想想，你确是诚心。遗憾的是我没有你那写总结报告、学习心得的基础，更没有那攻读政治经济学、社会科学和哲学辩证法的时间。

关于你对那三个问题的看法，与我的想法基本上是一致的，但我质疑你说的，通过相识，在共同的事业中，逐渐产生爱情。我认为，工作性质的相同，工作中有着共同的语言，并不能产生爱情。团里有几个男生，人都不错，待我是相当好的，我跟他们在艺术探讨、争论方面非常谈得来。除此之外，无话可说，冷漠相待，这又该怎么讲呢？恐怕和我想的爱人不尽相同吧。

最近，经常听到广播里播放男女青年谈朋友的不同遭遇的广播、小品及相声。老实讲，从前听到这些，认为是别人的事，与己无关，可现在不同了，是应该考虑自己应该持什么态度的时候了。在谈朋友方面，我是一窍不通，从未接触过，不像你有相当丰富的经验。我曾讲过，我是非常珍惜爱情的。当我看到现实生活中，一些男女青年将自己的终身大事视为儿戏，或是为达到别的什么目的，我就非常厌恶。我所关注的并非是金钱、地位，而是他是否有一颗高尚、正直、无邪的心，是不是热爱自己的事业、勤奋好学，是不是真才实学的人。尽管客观环境促使我变成了一个极端的利己主义，但当需要我的时候，我将毫不犹豫地把我的一切献给他。反之，将是冬天的寒冰、冷酷无情。我鄙视世俗的一切，渴望、向往着纯洁、真挚的情感、爱情，憧憬着美好的未来。

　　我说毅毅,几个星期未给你去信,也不至于那么沉不住气,希望你多给我点刺激。

淑芳

1979年10月2日

1979 年

1980 年

1月4日
1月15日
3月1日
4月15日
9月18日
11月17日
12月25日
12月27日

1981 年

1982 年

1983—1984 年

1985—1986 年

1980年1月4日

峰毅:

　　数天来我始终陷入在无名的混乱烦闷的痛苦之中不能自拔。命运每时每刻都在无情地折磨我。幸福和痛苦伴着的爱情让我望而生畏。我承认你现在对我的爱是那样的深沉。望我们彼此都理智些,让爱情的火焰暂时熄灭。真不希望爱情的交响曲里稍有不和谐的杂音（也许这种想法是脱离现实的唯心主义的）。我现在需要安静,不要任何事来打扰。我要独立！要自由！请原谅我对现实的脱离与软弱,这是我无知无能的表现。这次发生的这桩事是我将走向另一种生活的序幕,全剧的高潮及最精彩的场面还在后面。作为剧中扮演者的我是想要打退堂鼓了。你有勇气就先登台充分地表演吧。你不免要奇怪了,我当初追求幸福的热情怎么不翼而飞、冷却了？具体怎么了我也说不上来，以前我总是把没有接触过的事物想象得太美好，哪怕是空中楼阁，对我来说好像也是畅通无阻的。一切只考虑到个人的能力和存在。岂不知我只是沧海一粟，是宇宙、大自然、社会中的一分子。我与整个人类共呼吸，我每走一步、每一个举动都和环境、家庭的每一个成员有着密切的相互关系，受到制约。正是多层的防线和无形的铁丝网将多少对爱慕痴情的男女青年隔绝开。至于结局嘛，有的甘愿妥协，有的则是用毅力和能力冲破了重重防线，争夺了幸福和自由。是的，我是记得了幸福和爱情，可是人的精力有限，我需要补充养料了。我希望有压力，可负荷太大，渺小的我也是承受不了的。上帝，我几时才能得到真正的幸福？我感觉对待爱情我是问心无愧的，对第一个我唯一心爱的人会毫不吝惜地献出一切。也可能是我太自私了，但我还是比较通情达理的，我只会做到使别人幸福，一般情况下绝不会

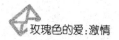

做损害别人利益的事。可我这样做又得到什么（我寻求的不是物质）？千百桩事令人伤心透了，不能再写下去了，决口一开难以堵塞。我现在需要安静、安静！任何人不要来打扰我。

遭受百般折磨的芳

1980年1月4日

真是昏了脑子了，小杨想托你买一顶带毛护耳朵的帽子（给小马的）。

1980年1月15日

峰毅：

你好！今阅毕你那充满怒气的来信，我深深地受到良心的责备，请原谅我的"无情"。学习的紧张，忘却了时光的流逝，屈指算算，可不是吗？十多天未给你去信了。可以说，父母亲友是不容易从我这儿得到音信的，有几位老师、同学来了数封信，至今我也没回信(不过你例外)，用生活的天平衡量，我是偏重于学习了。学校的生活我想你不会不知道，我的基础差，学习负担重，学校生活只有两年半，两年半哪！！十多年的动荡使我荒废了可贵的学生时代，我曾为失去宝贵的光阴而懊恼、沮丧，如今有了那么好的学习机会，我是百倍地珍惜它的。

　　自彩排完《坐宫》①,马上转入《战太平》②的课堂,我所担任的角色虽在整个戏的比重不大,但感到很棘手。人物的内心活动,需靠演员的形体动作和面部表情来表现,可我连最基本的技巧都未掌握,怎能达到老师的要求?我为不能胜任一度情绪低落。真的,我现在感觉再大的事我都能承受,可学习的道路上遇到了障碍对我来说是再痛苦不过的。我就是不相信,没有逾越不了的高山,经过这一段时间的勤问、勤学、苦练,我现在基本达到了要求。排完戏,看到老师较为满意的目光,我的心才得到宽慰,看来这几天的工夫没有白花。这个戏大概六月二十四、二十五号

---

　　① 《坐宫》是京剧《四郎探母》中的一折,讲的是北宋时,辽邦设"双龙会"于幽州,邀宋太宗(光义)赴会议和。杨家八虎护驾随往,中伏兵败,四郎(杨延辉)被擒,改名木易,与铁镜公主成婚。十五年后,适辽邦萧天佐摆天门阵,杨六郎(杨延昭)御于飞虎峪,佘太君押粮抵营。四郎思母,欲往探,被公主识破,乃以实相告。公主计盗令箭,助其出关。

　　② 京剧剧目《战太平》,说的是元代末年,大将花云镇守太平城,在战斗中被陈友谅俘虏,花云宁死不屈,在押赴刑场挣断绳索,拼死一战,最后壮烈牺牲。

彩排(彩排就等于考试),放假前夕,学生是挺紧张的,忙着考试总结,上星期已考完武功、练耳记谱、试唱,今天刚考完政治、社会发展史,星期五、星期六考乐理、正音,全部考试可能二十六号才能结束。

看了你对几个问题的阐述,感到你具有一定的水平和理解能力,而且善于观察自然界、社会中的变化。我从你身上总能够得到我所没有、缺乏的知识及社会经验。作为一个演员必须要有理论知识、艺术修养,运用程式与技巧,根据剧情、人物所需要来表现,没有深刻的理解能力,就无法掌握角色的心理状态。中国的京剧是国粹,但是由于各种原因,没有一个整套的关于表演唱腔技巧的理论,而且目前有些艺术、某些流派即将失传,我们现在肩负着继承改革京剧艺术的重任。上次我问的几个问题正是想弄懂的,遇到一些简单的我还不感到为难,碰到再深奥的就有点头痛了,但是我有决心,好在有你的帮助。

　　"社会经验"现在对于我来说暂且靠边站，我不想过分地研究。我认为这是个活东西，人的社会经验是通过怎样对待生活中遇到的各种事物而积累成的，可这还需要不断地总结经验。我就怕费这个脑子，难怪别人是"吃一堑，长一智"，我是"吃一堑，再吃一堑"，最后以埋怨告终，用练功的疲劳来解脱思想上的烦恼。从知识学习中寻找安乐，这是我必不可少的乐趣。

　　交朋友我是一窍不通，不像你有相当丰富的经验，其实你不必争辩，事实俱在。说句可笑的话，"吃醋"两字的含意直到去年我才真正地理解弄懂了它，至于你信中提起的"小赵"，我真为她可怜，难道一丁点儿自尊心都没有吗? 是什么驱走了她的志气? 真没出息。像她这种人我听说过不少，叫人可鄙。我认为与其乞哀求全，不如洁身自好。得，这种事是不配占据我脑子里的任何一个细胞的。

　　峰毅，你有时做事真是令人可恼，我可不像你具

1980年

有一副重磅炮弹也穿不透的面皮(并非指小赵之事)。

祝:愉快!

淑芳

1980年1月15日夜

1980年3月1日

峰毅：

你好！二十六日下午二时十分我们一行人平安抵达上海。下车后我调动了一下大家的积极性，几位同学很乐意帮我减轻了负担。为了表示谢意，我给他们一点儿物质激励。

进了学校门就像到了另一个世界，我如同饥渴数日的孩子，想尽快吸吮到各式各样的养料。小杨、小陆比我早来几个小时，我的到来使她们既高兴又奇怪，"为什么不晚来一天？！"那几位为了能和朋友多待一会儿，宁可迟到，也不提前来，可能你看到这里，要为我的早走感到惋惜。那么我再重复秦观的两句词"两情若是久长时，又岂在朝朝暮暮"。我也不想多言，相信你会理解我的。

1980年

　　一九八〇年的寒假瞬间逝去，留下值得我们回忆的是既痛苦又愉快的场面，爱情的道路是曲折不平的，比我想象中要复杂得多了，经过我们共同的努力，得到了较好的结果。总算是欣喜、愉快地离去，登上开往上海的列车。

　　来沪后第二天，我去找了汪主任，他热情接待了我，然后又陪我到孙老师家，嘱咐了一番。这学期孙老师带我的课，教我《三堂会审》①。如果进度快的话，再学《起解》。孙老师对学生要求很严，上课时真是认真负责，一丝不苟，同学们都羡慕我能得到这么好的老师的指教，我也为此感到骄傲。但是老师只是外因条件，主要是内因在起作用。如果我不努力、不刻苦钻研，老师下的功夫再大也无济于事，所以我不想让私事占用我过多的时间，原先还想谈谈自己所经历、处理某些事的看法及感想的，现在干脆免了，待有时

_____

　　① 《三堂会审》*节选自越剧传统剧《玉堂春》。《玉堂春》是戚派代表剧之一，《三堂会审》亦是戚派花旦选段中的名家名段。

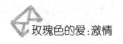

间再谈,你不会见怪吧?

峰毅,最近我一直为一事忐忑不安,导致影响学习,此事后果不堪想象(也许是杯弓蛇影,但愿如此吧),本来不想对你说,可是想到它的利害关系,那么就必须让你知道,而且还要有一个妥善解决问题的办法。自看过《哈公主》电影的第二天,我就感觉生理发生了异常的变化,胃和腹部一直不舒服。我担心会不会有意外的事情发生?如今我夜不能眠,时常被噩梦惊醒,厄运即将降临,似乎感到我的死对头正虚眯着眼等着看我的笑话。真是越思越想越可怕。万一真动了事,你我脸上都不光彩,怎好意思立于世间。我恨死你了,你现在无忧无虑、逍遥自在地生活,我在这惊恐不安地度日,你好狠心哪!警告你这件事千万不要对任何人讲,特别是我家的人,不然他们要对你转变看法的。也许我的猜疑是多余的,但是凡事要往最坏的地方考虑。请代问叔叔、阿姨及弟弟、妹妹好,我就不单独给他们去信了。

1980 年

祝：逍遥自在地度日！

芳

1980年3月1日

*《三堂会审》

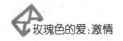

1980年4月15日

峰毅:

　　你的某些做法不得不使我生气，这已是第二次了。你是不是将我的忧虑和我们感情达到程度的细节都如实地汇报给田菲了，厚颜无耻的努力，我的嘱咐你全然抛至脑后。并不是说我的话就是圣旨，你也要适当地照顾我的面子呀，希望彼此之间互相尊重，特别是我的名誉，我可看穿你了，当面唯命是从，背着我任其所为，你的脸皮乃至如此的厚。不过，情场上的老手这等模样是毫不奇怪的。天哪！我为什么要遇见你这个魔鬼呀，你不要在我面前假作呆笨，试想有谁能相信？虽然产生爱情不受时间限制，但我认为还是缓慢渐进为好，我常常念来日几多长，情深斟情，方无恙。我们现在如果干了丧失理智的事，是犯错误的。这个"禁区"没到一定的时候是万万不可逾越的。况且我们还肩负着学习的重任,每当我们沉浸在浓情蜜意之中、感情达到高潮的时候,这些念头始终在提醒着我。当时我头脑异常清醒,如同蒙有调节感情的仪器一般,心情是复杂多样的。在热情的背后我在想,难道你爱我就是要寻求某种刺激,就是要强求我做我现在不愿做的事吗?只可恨我没有千斤力气阻挡你,无奈……不觉流下怄羞的泪水,似乎感觉我们已走到万丈深渊的边缘。当时你怎晓得我执拗、担心的一面。我拒绝在你家过几天,不是没有道理的。如果让爸爸妈妈知道,他们会大发雷霆,就这桩事的本身,开始爸爸不同意,现在转变了看法,那么我们为何不做得使他们放心满意呢?我现在很懊悔自己不应过早考虑此事,满以为在事业、学习上你对我有所帮助,看来爱情只会给我带来痛苦、烦恼、忧虑,幸福是渺茫的,我看还是洁身自好最佳。

我再三对你讲不要把我的疑虑告诉任何人,你

当耳旁风。好吧，既然如此，我也不愿多讲什么了，冤家啊，冤家，你就会惹我生气。

请你不要漏掉任何细小的情节，如实地再去汇报吧。

芳

1980年4月15日

1980年9月18日

峰毅：

你好！来信收到，阅毕这充满火热感情的书信，真有用语汇所不能表达心情之感。以往我曾收到过一些男同志的来信，但我认为实属"不登大雅之堂"，从不屑一顾，对这些均以各种方式予以应有的教训，并非是我有意想愚弄他人，只是这些人太不理解我了，那种狭隘思想的人与我总是格格不入的，我宁可过一辈子独身生活，也不愿与这种人在一起片刻。由于外界环境及各种原因，我孤僻的性格逐渐增长，心灵愈加冰冷。起初，当姐姐对我提起你，我是有一定的偏见，认为搞政治工作的尽是要嘴皮子，没有真才实学，不懂技术、艺术，与我没有共同语言，尽管他们把你说得多么好，可那天短暂的接触交谈，不由得打

消了这种念头,难怪我平日是两耳不闻窗外事,接触外界的人所谈论的只是些庸俗之言。这也正是我不乐意与他(她)们在一起的原因,回想那一日的情景,尽管心情是极度的紧张,仿佛置身在另一个世界里,虽然互不相识,但有着同等的思想境界,仅指这点我才开始对你产生好感,紧箍在心灵上的寒冰,将被春天的暖流渐渐地融化。

看到你对我的事业抱有很大的趣味,为此感到莫大的宽慰,就这问题,我始终搞不懂某种人怎么想的。文艺单位的人在人们的印象中固然是不太纯洁,但工作性质是决定不了人的思想的。我一提起这事就愤愤不平,引起我思绪万千,不高兴讲它了。

这次我能来到戏校里学习,真是千载难逢的好机会,我非常珍惜这两年半的时光,这是一分一秒都是很宝贵的,充分利用课余时间,清晨早起一小时,晚上晚睡一会儿,为了将来,现在多受点罪也是理所应当的。我们学习的科目是"文艺概论、音乐理论知识、普通话正音、身训、武功、说戏"等，每天从早上五点半开始到下午六点，课程安排得很紧凑，晚上的时间是自习或看电视。我乍到学校，紧张的气氛是有些不习惯，而且老师要求得特别严格，一练就是一天，体力有些吃不消，不过这只是暂时的，等到适应了以后，也就好了。

我的文化知识及其他知识太贫乏了，希望能得到你的帮助与指教，你的学习何时结束？考试成绩如何？

我的照片可以放在你那儿保存，我姐姐的称呼，你认为怎么合适就怎么叫。

淑芳

1980年9月18日

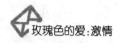

1980年11月17日

亲爱的芳芳:

　　亲爱的,你辛苦了,让我抱着你,轻轻地吻你,使你在我怀中把疲劳消除。亲爱的,我真想念你,你逞强不注意身体,造成严重不适,我心里很难过。芳,我的爱人,你这样拼命怎能不使我愁肠寸断呢?从你写信告诉我的情况来看,你的训练负荷已经超过了所谓生理负荷。体力已经得不到恢复,所以只好挖老底,就是每天吃的东西弥补不了体力、脑力的消耗,过一段时间后,身体的各个器官就发出警报,告诉你身体的吸收和消耗已经失去平衡,要赶快恢复平衡,不然就会出毛病。反映在感觉上就是头晕眼花,但人是有精神的,人可以强迫自己的肉体继续超负荷,这就使你咬着牙顶住,不过人的精神作用是有限度的,身体虽然服从了精神的要求，但身体一定会以强迫平衡的方式来使身体得到休息和恢复，这就是"积劳成疾"。有病了，怎么办？只好休息调养，身体也就恢复了。你这个丫头，就是不知道休息。写到这儿，我不禁一阵心酸，如果我在你身边，我绝不会让你这样的，我相信你也会科学地安排时间。我不在你身边，你就这样任性。我想了想自己，不管多累多苦从来没有头晕眼花过。你不知累成什么样呢！又是月经来潮，你这个人，唉！我不相信你说的休息几天便会好的。你必须来信向我保证，保证今后不再任性，不再超量训练。亲爱的，答应我吧，你叫我又心痛又生气，都这么大了，老叫我揪着心。

　　亲爱的，根据你的月经来潮的经验，我觉得你可能是37~38天为一个周期。据医书说，只要有规律，这也是正常的月经周期。亲爱的，你好好回潮一下，是不是12个月基本上都是这样，比28天周期推后7~10天。如果基本上都是如此，就应该以38天左右为正常

周期,而不必以28天的周期计算。这就可以使你的情绪不因28天的周期计算月经未来潮而恶劣了。亲爱的,我的爱人,你情绪的波动都使我难受,因为我知道我在你身边会使你好一点儿,而我却不在,不能分担你的忧愁,心情自然是很不愉快。亲爱的,我多少次梦见你在注视我、抚摸我、亲吻我啊。奔腾的感情是文字,能表达的,我只说梦魂萦绕,与卿欢爱。

亲爱的,我写的那个东西你竟如此重视,使我心里充满喜悦。真的,寄的时候匆匆过目,简直不敢寄给你,那都写了些什么啊?不料你不但看了,还和同室的女生讨论了。亲爱的,我的爱人,你对我的鼓励多大啊!我写的那个东西,纯粹是对心理状态的描写,也就是所谓意识流,是写一个人因感而想,这一想就如一条河流,自由地流了过去。不同的是,人的意识流更多的是个人的特定感受,我写这篇小文的哲学意义,是想隐蔽地告诉大家,目前社会,和单个人对立的其他许多人,对单个人来说是一个异己的巨大力量,单个人在他们面前是无力的、软弱的。单个人要生存必须歪曲自己。文中写的单个人从小时候就要求获得大家的承认,需要异性的抚爱,需要社会在工作上的承认。最后,这个可怜的人仍然被抛弃了。这就是一系列图景在他眼前闪现后,最后是衮衮而来的震天动地的声音,自己似乎被这声音逼到地缝里,而这声音的共鸣音是"打手"。我曾想接着用图像来指出使个人有力量的蹉跎,然而我想让别人去想更好。小陆的观点是极"左"的观点。在大洪流中每个人在刚出世时就已决定了自己将来的生活道路(趋向)。怎么说没有命运呢?所谓命运就是一种外部的支配个人一生生活的力量。主观努力可以抗衡命运,但并不排除命运的客观存在。我又构思一篇小说《演员》,前几天忽然想象飞腾,形象跳跃,因事体烦冗,搁笔未写。如果可能的话,这个星期或下星期能写出来给你批评。亲爱的,你的体贴使我永生难忘。人在世间,有这样一个美丽、温柔、体贴、深情的爱

人，一生足矣，还有何求？我只有更加努力学习，才对得起你一片深情。亲爱的，让我狂热地吻你，紧紧地拥抱你，宝宝，我要吻遍你全身，表示我的疯狂的爱。

亲爱的，拿着烟卷的相片是我1979年5月1日照的，这些相片都是1979年照的，还有一张是1972年照的。我说过戒烟，就戒烟，不会有什么伪装的。亲爱的，我不抽烟了，你放心吧。如果放心了，那就吻吻我吧。你的玉照照了没有，我在等待着呢！

昨天到你家，见到了伯伯、伯母（我等你回来就改口，叫伯母、阿姨听得多别扭）。伯母告诉我，伯伯常犯心绞痛，我常去看看，你就放心吧。伯母给我做了件棉背心，非常合适。你们家老是给我做衣服，我真不好意思了。我妈妈要把她的呢子大衣给你，是不是捎去（就是夏天你试的那件黑色的，料子不错，平时穿，御寒是可以的）。淑芊姐告诉我说衣服已买好了，尚未寄来。给你买了一件涤纶的，我的是米色的，什么式样、什么料子的都还不清楚。小石的事我心里

1980年

有数,祝贺你成绩优良,但不希望下次考试再搞得头晕眼花。我已初步与家里谈了一下结婚的事,达成了某些协议,待你寒假回来后,我们再商量吧。我真想去看看你,我快撑不住了。亲爱的,让我极其热烈地拥抱你,疯狂地吻你!

你忠实的峰毅

1980年11月17日

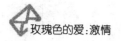

1980年12月25日

亲爱的芳芳:

　　我的亲人,我非常想你。虽然我们分开才20天,但我仍然感觉到时间的煎熬。你能吻我,会使我精神振奋的。我渴望你唇上流动的甘泉,我渴望这甘泉会滋润我因热恋而焦躁的嘴唇。

　　亲爱的,非常不幸,领导改变计划,上海听课告吹了,顺便去看望你的计划也成泡影。这一切又牵动我的心,使我更加思恋你。

　　亲爱的,原打算这星期一开始自学。科长交给我3个紧迫任务,用了3天处理完毕。确实也是殚心竭日。从今天开始执行自学计划。我非常敬重你督促我学习的品格,亲爱的,你不但人美丽非凡,心灵也是美丽晶莹的。可以毫不夸张地说,你将成为今后几十年里我的战斗伴侣。能碰上你，真是上帝保佑！

　　元旦即将到来，我处于十分矛盾的心理状态。我要去探望你，可能家里不批准。让你回来吧，我又不舍得让你吃苦，天这么冷，你又有个手脚冰凉的症状。我不忍心你来回颠簸，可又十分想念你。真是不知怎么才好。想来想去，还是疼爱你占了上风。亲爱的，元旦你不要回来了。在上海过个冷清年，迎接1981年的到来。我因家庭有事，很可能不能去看你。再忍一段时间，我们尽情地拥抱、热吻吧！

　　鹏弟来信一封，说有一"东方的维纳斯"向他求爱，把信都寄给我了，让我出主意怎么办。我看女孩子信写得很真诚，不忍伤她的心，建议暂时保持一种既亲切又有距离的关系，待回亳州再说。女孩子才17岁，据说人品出众。你不要告诉伯伯、阿姨，待鹏鹏近观后亲自对老人们详述。

　　你的玉照怎么还没有寄来，我都有点着急了。你的剧照让爸爸去洗，不知怎么一下子就成了"泥牛入

海"了，我再谁谁看。

书给你寄上，妹妹月经过多，多得不能走路，一走路就顺腿流，脸蜡黄，病恹恹的，没有上班，就把书放在工厂了。只好又借一本邮去，让你久等，很是遗憾。

老头儿许愿给你买皮棉鞋，至今未有音信，我真急了，但爸爸还是那么沉得住气，我也不好说什么，免得他们朝弄我为媳妇长得乱转。

亲爱的，工作中赵科长不在，偷偷给你写几个字，我多想你，想亲亲你啊！既然无法见面，那么祈求神游相伴，每天晚上把我的魂魄挺住送到你身边，和你偎依在一起，度过分离期间一个又一个寒冷漫长的黑夜吧！

我想抱抱你，吻吻你。

你忠实的峰毅

1980年12月25日下午

1980年12月27日

峰毅：

自彩排过《卖水》①后，当我们听说《双下山》②不彩排了，无论是老师还是学生，对待学戏课好像很敷衍，不过孙老师对我抓得挺紧的。她感觉一个多月这样荒废掉多可惜，于是主动提出来教我别的戏（别人都不知道，她给我下私功）。没有彩排任务，似乎松一点儿，趁这个空隙多看几本书，几天来可过了看书的

---

① 京剧《卖水》是从蒲剧《火焰驹》中《卖水》一折移植、整理而成。

② 《双下山》是根据传统折子戏《思凡》《下山》等重新创作改编的大型黄梅戏轻喜剧。它通过对小僧、小尼心态的细致入微的刻画，表现了他们从邂逅、相识、相知、相慕、直到双双冲破封建樊笼，私奔下山的心理和行动过程。

瘾了。《简·爱》①和《吕蓓卡》②(《蝴蝶梦》的原著)最为吸引人。真的,看完这两本再看别的(具体地讲,中国的短篇小说),都感到枯燥无味。这两本书在刻画人物的心理活动时是那样的细腻,以致使我废寝忘食一口气看完。现在我又开始看《战争与和平》,记得还是在六七年前看过此书,印象已不太深了。我一定要趁此机会多看点书,以后忙起来就不能享这个福了。

"人奈不过命"似乎是有道理的,昨天看了电影《燕归来》*有一定的感受,好像有一条规律,人要顺应潮流,如果逆流而行必定要遭到挫折。我们虽然没有经历过上辈人的遭遇,但通过许许多多的事例,也会使我们比较镇静地对待自己前途和为命运所走的每一步。这只是主观想法,谁知将来会怎样呢,还是老

---

① 《简·爱》*是英国著名作家夏洛蒂·勃朗特的代表作品,女主人公简爱是一个敢于追求平等与自主的知识女性形象。本书以其对于一位灰姑娘式人物奋斗史的刻画而取胜。《简·爱》也是女性文学的代表作品,是全世界妇女必读的经典之作。

② 《吕蓓卡》的作者是达夫妮·杜穆里埃。达夫妮·杜穆里埃在本书中成功地塑造了一个颇富神秘色彩的女性吕蓓卡的形象,是一部多年畅销不衰的浪漫主义小说。

实地听从命运的安排吧。

　　元旦即将到来,我们可能放两天假。休息一过,期末考试就要开始,我不想匆忙地来回奔跑,影响学习和身体。如果你有空最好来吧,要是能找到便车更好。总是让你跑,我都有点过意不去了。不过这种现象不会太久的了。如有可能的话,愿我们俩过一个愉快的元旦。

芳

1980年12月27日

* 1980 年版《简·爱》

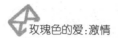

*《燕归来》剧照

1979年

1980年

1981年

1月2日
1月4日
1月6日
1月29日
2月2日
2月12日
3月2日
4月5日
4月7日
4月13日
5月7日
5月17日
5月26日
6月2日
6月21日
6月22日
6月29日

1981 年

1981 年1月2日

亲爱的芳芳：

在一声呜咽的"再见"后，我呆呆地看着你跟跄的步伐，雪白的灯光使我在一瞬间看到了你苍白的脸，我的心像被刀绞了一样，泪水唰地涌出来了。我赶紧把它擦掉，一面责备自己——下午已经流了够多的眼泪，作为一个男人，感情真是太脆弱了。但是我的心已经碎了，下午你的痛哭已经把我的心搞碎了。我真的难过了。

回娃娃家的路上，愁劳一起袭来，我像喝醉酒似的东倒西歪地走着，我几乎是闭着眼睛摸到了娃娃家。10点了，我多想睡会儿啊，可是娃娃还是絮絮叨叨地说个没完，我赶紧和衣躺下，在水一样流淌的诉说中沉沉地睡去。11点30分从温暖的被窝里跳起来，

047

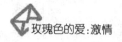

穿上外套就走上了寒风凛冽的街头。天哪！这儿有个人不怕冷，自行车掉在自己身下，卧在地上，脸贴着冰冻的路面，棉袄甩在一边，原来是个醉鬼。因要赶车我就没有问他的事，匆匆离去。在去火车站的汽车上，我睁开发涩的眼睛，望着车窗外飞快地向后退去的杨树，虔诚地祷告上帝，让我在车上找个座，能打个盹儿，我实在太困了。

上帝都是照顾虔诚的人，在56次列车上找到了一个座位。我一坐下就迫不及待地闭上眼睛……这是怎样的境遇啊，正好坐在门口，来往乘客总是"带条尾巴"，冷风不怀好意地扑在我身上。我紧紧地裹紧大衣，老是一个姿势睡是比较累的，怎样办呢？一个座位大概40平方厘米，在这个狭小的空间我做了正坐、倾卧、俯在自己腿上好几种动作以帮助睡眠。我感觉我就像在座位上翻着跟头睡觉。冷水带去了我的热量，肚子里咕咕响了，需要补充燃料了，要不然就要消耗储存在肌肉中的糖元了。见鬼的是，该车不办夜餐，我倒霉地咽下一口唾沫，恨恨地昏睡过去。

寒冷、身体的局促，使我的昏睡像大海里的船一样，在波涛汹涌的梦幻中航行。我的亲人，梦中多少次和你伤别，醒来冰冷的泪珠挂在脸颊上，幸好列车上的人都在昏睡。我的好姑娘，这是我最伤心的离别，自从我到这个世上，有了成人的意识后，第一次流下这么多泪水，简直止不住。眼泪不流了，而心在流泪，我伤心透了。在你面前，若不是男子汉的刚强支撑，我会痛哭的。我懊恼、心酸、内疚、惭愧，我对不起你如山的恩情。临别的交接，本想使你稍微地愉快一点儿，没想又使你十分不舒服，以致冷得发抖，手脚冰凉。还有什么比这更令人痛苦的呢。老天啊惩罚我吧！自己心爱的人在受着难以言状的苦，而我却无力排除掉。这也许还是暂时的，由于我的失误而使纯洁的你蒙受不白之冤，忍受精神的痛苦，却像刀子一样地戳在我的心上，使它流血，而这一切，你都不怪罪我。你爱慕地看着我，紧紧地抱着我对我说，"无论

什么时候也没有怨恨我"，更使我伤心。我的泪水流下来，幸好这里面还有一些喜悦的成分。然而在车轮流动的均匀的声音中，在身体微微地颤动下，我越想你的高尚情操，越是想到我对不起你，我没有使你幸福，而你出于对我的爱，竟不怪罪我。妇女的胸怀是多么宽广啊！她们的献身精神是多么令人肃然起敬啊！我的女神，你犹如皎洁的月亮，晶莹剔透、光芒四射，你丰富的形象永远地塑造在我的灵魂上。

亲爱的，深沉的爱使我沉醉。记得我们在寒冷中发抖时，我们紧紧地拥抱，我们曾说，痛苦悲伤是和幸福、愉快等同的。是的，悲壮的爱和欢悦的爱其分量是一样的。

下了车后，饿得像狼一样、冻得像落汤鸡一样的我，奔向饭馆吃了一顿。然后回到家里，换好衣服洗了一把脸就上班了。在长长的会议上，我疲乏的眼睛一直在打架，终于它们和好了。你又出现了，那撕裂人心的悲痛又袭上心头，这次我可不敢任它自流，我旁边就是校长。转眼到了晚上,人们都去看电视了,我提起笔来给你写信,一写下"亲爱的芳芳"这几个字,强压的情感就冲了出来。

亲爱的芳芳,你回去休息得可好?你是否感冒了?你是否穿毛裤了?一夜睡眠是否驱散了寒冷、疲劳和精神的哀伤?亲人啊,你那美丽的、传神的、深邃的眼睛是否还肿着?你的胃是否还痛?愿上帝保佑你,使你一切正常,我负疚的心才能平静一点儿。

我们在一起整整哭了一个下午,真是越哭越想哭。看你那个样子,我是越想越伤心,越伤心我就越想哭。这种情绪恐怕要在一个星期内影响着我。

亲爱的芳芳,元旦早上那和煦的阳光,在阳光下你那像盛开的牡丹花一样美丽的面容,我们欢愉的交谈,在记忆中浮现,非但没有减轻我的痛苦,反而更催我泪下。我自问,我是否去摧残这朵美丽的花?是否这样做了?我担心我这样做,我害怕我已经这样做了。咳,我真是又蠢又粗。原谅我的种种作为吧。我

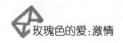

爱你,我用整个生命爱着你。我的生命只有在你女性的光辉照耀下,才富有生气和光彩,正如太阳和地球的关系一样。记得我曾叫你小母亲,是的,你就是我的小母亲。虽然这是从西方学来的,可它最好地表达了我的心情。

亲爱的芳芳,你美丽的眼睛从千里外看看我吧,唉!愿寒假前的二十多天像古人说的"似箭一样"地流逝,让我在亳州张开双臂,迎接向我扑来的爱人。芳芳,我的亲人,我想你。

我吻你,亲爱的……

你忠实的峰毅

1981年1月2日

1981年1月4日

亲爱的芳芳：

　　亲爱的，我怎么算你的信最快也要星期一到来。这个星期天，我在淡淡的悲哀中度过。我千百次地想起了你。根据以往我的体验和对别人的观察，悲伤的情绪在某一时刻会以极度的喜悦和兴奋的形式出现。果然，下午三点在你姐姐的屋子里，我和范春、鸿胜、小径，尽情地唱起歌来。我起劲地唱着台湾校园歌曲，"走在乡间的小路上……"啊，我多希望能像歌中说的那样，把"多少落寞惆怅，都随晚风雨水散，遗忘在乡间的小路上"。那中山陵气度非凡，我们指指点点，感慨其有"五气"的山上；那明媚的阳光，你朝霞一般鲜艳夺目的面容，我们拥抱着唱着走过铺满落叶和蒿草的林间小路。我们的拥抱异常清晰地出

现在我的眼前，我的眼只顾悲伤，忘了你经济困难了。现寄上五元以救燃眉之急。

……想着我们的灵魂。这人性的炼狱，通过怎样的锤炼，使我们的人性走向完美的形态啊。亲爱的，我的好姑娘，我都要死了……

回家后给妈妈讲了"正义法庭"开庭审判的结果，妈妈责备我说为什么要推在你身上。我坦白了因为大家都喜欢你，为了能去看你，而打出了你的牌的动机。妈妈狠狠地批评了我，我理所当然地承受了。

亲爱的芳芳，抓紧一切时间学习、练功吧。阿姨责备我为什么不请两天假，和你在一起多待几天。我老实地说，不能影响你的学业，不能请假分你的心。伯伯阿姨告诉我，你团的刘老师告诉他们，说你如果学习得好，剧团会保送你到北京昆剧院去学习。这真是一个大好机会，会使你学到更多的东西，使你的艺术生命更加温润了，歌唱得更有感情、更加深情了。

杜杜都惊得呆住了,不住地说唱得好听。啊,我的亲人,我是多么悲戚地在想着你啊。洗完澡理完发,到了你们家。阿姨和伯伯极其亲切地招待了从上海"凯旋"的二女婿,那过分的喜悦和兴奋还在抓住我。我滔滔不绝地谈到了你,美丽、窈窕、林间小路,蒿草丛中温暖的阳光,身着黑色呢大衣的雍容华贵,你越活越小了……终于,这一切都过去了,我回到了家里,坐在寒冷的我唯一可去的被窝里,心又在剧烈地疼痛。寒冷使我发抖,疼痛使我战栗,想念使我发疯。我更加懂得了爱,这使人心阵阵抽搐的、蕴含着巨大的力量。在这爱情的锻造炉里,感情的火焰烘烤着我们,喜悦、激动、悲哀、痛苦锻造着我们……

……为我骄傲、自豪。目前我还做不到这一点。而你,不嫌弃我,把无私的爱给了我,我永不忘。我不甘寂寞,我要做一番事业,我也要拼命努力,完成历史赋予我的使命。

照片放大了几张,现寄上,伯伯最喜欢你半跪的

那张(两个人的,你一手伸直,一手向左的那张),认为最有风度。我最欣赏你和小姐眉目传情的那种活泼的表情。

我只是单方面地把自己的感受直述给你,爱人哪,你现在怎么样?根据爱情的特点,欢乐是双方的,悲哀也是共同的,那令人心酸的悲戚,还在笼罩着你吗?你的情绪如何?你的身体如何?睡得如何?你的一切我都想知道。来信吧,亲人,信对我来说是生死攸关的大事,是点燃生命之火的火炬,是感情燃烧、生机勃勃。亲爱的,努力用功,处理好各种关系,争取得到这一宝贵的学习机会吧。寒假回来,我们再具体地安排怎样更好地让团领导和老师喜欢你、了解你。我要动员一切力量,调动一切力量,争取让你获得这一特殊的荣誉,特殊的待遇。亲爱的,你要学习、学习、再学习,努力、努力、再努力。当然,要注意身体,多看点小说及其他一些开阔眼界的书,多观察人,多体会人的心理活动的特征,多了解人，争取早日走上明星之路。亲爱的，你要能成为明星该多好啊。有时我在呆想，也许在你的明星之路上，注定要碰上我。我愿意用我的脊梁作你成功的阶梯，使你成功！

我在悲哀中又开始了全面的学习，我绝不会厚没你，使你在众人面前感到难堪。我要成为你的燃料。

我们炽热的爱情，感动了橙橙，小王及小吴、冠军等人，他们在我走后，高呼"张峰毅万岁，于淑芳万岁"。我相信，只要心诚，石头也会开出花来的。亲爱的，让我们携手共进吧。不，让我们拥抱着，挺起胸脯，创造我们的生活吧！

亲爱的，我是那样的爱你，我永远是你忠顺的奴仆，你裙下的小狗，不管我们离得多远，只要你一声呼唤，我就会飞到你身边，跪倒在你的脚下。

我的亲人，眼泪在眼睛中流动，激情在胸腔中撞击。多么渴望你的甜吻啊！我那些使你受到伤害的行为，是否得到了你的宽恕？一想起我使你哭了一下

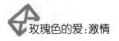

午,我就心痛,我太不知道爱护你了。

　　我的爱人,紧紧地抱着我,摸摸我的脸,吻吻我吧!

　　　　　　　　　　你忠实的峰毅

　　　　　　　　1981年1月4日深夜

1981年1月6日

亲爱的芳芳:

　　我的爱人,一写这几个字,汹涌的情感就冲了出来,使我两眼湿润,呼吸急促。我相信自己会听你的建议,好好学习,但正因这样我又不能不紧紧地用我最大的力量拥抱你,热烈地吻你,我心爱的人。

　　你美丽,然而你的心更美丽,你善良的心始终同情弱者。能够得到你纯洁而高尚的爱,说老实话,确实是一种幸福,这也是使我第一次体会到什么是真正的爱情的原因。亲爱的,你又去帮娘娘洗衣服了,这件事感动得我心老是发酸,好姑娘,让我用我最温柔的吻表示我最深的谢意。亲爱的,我娘娘虽可怜,但美丽而善良的芳芳听我的话,不要再去了。你对娘娘越好,她会越讨厌二舅母,她就老是把你和二舅母

进行比较,她的毛病就是乱说。时间长了,二舅母会远忿于你的。现在她慑于我们的纯朴不敢妄动,以后很难说她不进行什么活动。你安心学习,不要卷进她们家的纠纷。婆婆糊涂了,说起来没完。亲爱的,你要用多大的耐心才能陪婆婆三个小时吃饭啊,我不忍心将你宝贵的时间消耗在这样不尽的闲扯中。我在南京的两天,她每天一直讲到我睡死过去,这还不行,她还要自己讲到深夜三四点。我告诉了妈妈,妈妈"命令"你,不要去了。你实在不忍心,也应当是速去速回。亲爱的,你的心真好。

我的爱人,你骂我干吗?调皮鬼,拆你的东西,不是拆我自己的东西吗?谈何害臊,说这话,你不觉得见外?你不理我,你忍心?间谍的下场都不好,你让我当?可以看出姑娘的小秘密哪怕只窥见一点点,她也会娇羞满面,嗔恨不绝。不信请自思你信中的盖怒。

亲爱的,我们当然要学习,我们并没有消沉,我们的爱情健康发展,对我们的学习起很大的促进作用。恶念不会产生坏的影响。亲爱的,我给你讲讲性的问题,你在这个问题上的想法有点不对。古代亚圣孟子曰"食色,性也",性欲是人的本性之一,是客观存在的。唯物主义对待它,就是不要以它的存在而害臊,更不要压抑高尚的爱情的生理基础性欲的冲动。试想,把自己的一切献给自己的爱人,和他(她)结合,有什么不好。你说这会使女子痛苦,亲爱的,不是的,痛苦是由双方分担的,如果生理上的痛苦,那仅仅是暂时的;如果是精神上的痛苦,那么请问,要是没有生理上的差别,能有爱情吗?精神上融洽的爱并不排斥性的结合,恰好它们是互相补充的。当精神的表达已经不能表示双方心中燃烧的爱时,性就成为唯一的表达方式,这就是所谓的肌肤之亲。当肌肤之亲仅仅给人一时的快感,以平息高涨的爱,那精神的结合,就成为持久的、强烈的爱,使双方永远心心相印的爱。这就是"不论是天涯海角,不论是狂风暴雨,这一颗心永远和你在一道"的道理。性交不会使你痛

061

苦的,亲爱的,不要把这件事看得太神秘了。这是和穿衣吃饭一样自然而正常的爱,是极其正常、高尚的事。

你对评级的态度很好,你比我还要无私。我要向你学习。我支持你不打算争了的想法,但评的时候还应实事求是。

亲爱的,今天到你家。淑苹姐和伯伯烧了好几个菜给我吃。淑苹姐对我很好,阿姨包了些粽子让我带给奶奶吃。你的东西和粽子估计要等到10号左右可以由大舅母带到。淑苹姐情绪还可以,就是气色不如以前。亲爱的,今天我对淑苹姐讲了我们真挚而热烈的爱情,讲了我们的互谅互让,淑苹姐听了不胜羡慕。她说我们比她要强,她今天又一次谈到了对老刘的看法。现在看来,淑苹姐对这门婚事并不满意,她说主要是父母同情老刘。她告诉我,她和老刘在一起从来没有激动过,没有感觉到强烈的爱。然而他们是夫妻,真可怕。淑苹姐就差对我说她不爱老刘了。她说愿我们能幸福地爱下去,永远,永远。她一再说她和老刘结婚是父母的压力，言外有无尽的惆怅，我很同情她，然而我又只能鼓励她和老刘相爱。天哪，有多少父母替孩子们操心，反而帮了倒忙。我深深地体会到我们的爱情的宝贵，让我们像保护生命那样保护它吧！告诉你如果没有你的爱，我就活不下去了。亲爱的，写到这儿我热泪盈眶，多么想把头贴在你酥软的胸前，静听你的心音，像刚出生的婴儿，听到母亲的心音就镇定一样，我一听到你的心音也就镇定了。

我的好姑娘，我用了十数个小时写的两封关于艺术的信，你一点儿反应也没有。你不喜欢我这样写？方式不对头？太多？太艰深？在这个星期，一来你没回信，我不了解你的情况；二来也想把进度放慢点。亲爱的，我支持你的艺术事业，只有这一件最具体。我急切地想知道你读信后的想法，并热烈地期待你"评头论足"。

天热了，我的宝宝，注意饮食，我不希望放假回来看到你瘦了，那样我会心痛的。

我的爱人,看到你的热烈地爱我的秘密,你使劲打我,我也心甘情愿。狠心的,上次在上海,我们情意浓浓时,你把我的胳膊掐紧并去了皮,可是这是爱极的象征,回来后我吻了又吻,就像我吻着你的香肩一样。宝贝,我的一切都是你的,随你的便,你高兴怎样就怎样。亲爱的,亲爱的,把劲攒足,放假回来尽情地打。我多么想你现在就能用你软软的小手打我啊。上帝,你可作证,爱情并不只是把幸福留给男子,而把痛苦留给女子,我的心因为有一个叫于淑芳的人在天那边,痛苦得滴血,这个人却说只有她因思念爱人而痛苦,难道她所爱的人是草木身躯,了无情意?看,她笑了,鬼丫头,我痛苦,她高兴了,她陶醉在心心相印的爱中。不幸的是,她也痛苦,否则就没有"可怜的我们只有在梦里幽会"之叹了。是呀,上帝今晚能赐福给我,让我梦见你吗,芳芳?好芳芳,你能来吗?

你问我用什么刺激来解脱自己,很简单。一、打排球;二、看电视;三、读书;四、我一遍又一遍地吻你的小熙；五、大声唱歌；六、干我最不想干的事；七、在思念得喘不过气时，憋住气使劲往心底压；八、实在没有办法，我就上床睡觉，祷告上苍，让你在梦中来温柔地抚平我因思念而变形的心。有时我想揍一两个坏蛋，但想到要进派出所，又要给送饭，麻烦的，也就不想去拼命。但这并不妨碍我为了有一个你欣赏的健壮的身体而努力锻炼身体。

我的爱人，夜已深了，收音机播着动听的音乐，忽而听到窗外风声萧萧，心随之而飞起，它悄悄地钻进你屋里，投入你的怀抱，和你幸福地在一起。

我太爱你了，我几乎是算着日子过的，盼望你的归来。我的爱人，我紧紧地抱着你，热烈地吻你，吻你一万遍！！

我的芳芳，我想念你啊……

你可怜的峰毅

1981年1月6日夜12时

1981 年 1 月 29 日

峰毅:

　　亲爱的,非常想念你。数天来紧张的学习过后,空暇之时无不在想念着你。越是临近学期结束就越感时间过得如此慢。恋人的心有时就这样愚蠢可笑,不是吗?万物是有规律地活动着。可我们竟痴想着让宇宙按着我们的意愿行走,理智地想想,岂不是令人可笑吗?

　　这几天忙着复习政治和表演知识,还要彩排《战金山》*。这是武戏,我们八个女生跑龙套。我学的那出戏说是很快要彩排,可是教我的孙老师突然病倒,一下子打乱了计划。因为后半场还未教完,老师、学生为此心里都很焦虑。经过科里研究决定尽可能突击赶出来彩排,实在来不及的话,就先排一下告一段落,待暑假回来后再彩排。

　　星期天到叔叔招待所去玩儿了一会儿,并将你的裤子与希希的书包交与他。这条裤子不知你穿上合适否?本应当买块好料子的,可我没时间再往远跑了。在布站买了一块,赶忙拿去做。这条先暂时穿穿,待以后再买好一点儿的。

　　你现在已开始"原形毕露"了,你不要哄骗我。已有不少人向我揭发你慢性自杀的"罪行"了。叔叔在临分手时一再夸你如何的好,我心里暗思,讲这些目的何在?也许是为什么铺垫吧。且听下言,果不其然,叔叔非常婉转地向我透露你又开始犯烟瘾了。他又讲了抽烟的弊处,其实这些道理你那张善辩的巧嘴会谈一大通,可真落实在行动上你又做得怎样?就那么舍不得丢掉你的"优良嗜好",是不是反映了你个性的某个侧面?它为你的风度增添了色彩?伟大的人物,我多么钦佩你的毅力啊!你这个语言的巨人,行动的矮子。我有言在先,我对你的爱情是有前提的,

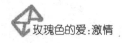

尽管你疲惫不堪，我绝不怜悯香烟缭绕的你，绝不吻带有尼古丁的臭嘴！！！以后你也不要对我讲戒了戒了，此话我听了不下一百遍，耳朵都长老茧了。如果说你经常开夜车，需要某种刺激提神，那么叔叔不是也经常这样吗？他可没有依赖于尼古丁。这是一种致人之死的东西，你就一点儿也不想想它的利害关系吗？可能现在你已不耐烦了，只当说的都是废话，你这个人哪，真令人既可笑又好气。

八月一日结婚能否实现，现在还是个未知数，关键是我团能不能批准？我父母是否同意？想到即将要结婚，喜悦、惧怕等等各种心情交流着。未来的路铺在眼前，我将怎样去走？时间不早了，暂写到此。

对了，我买了一对红色的枕套，还需要买什么，来信告知。

今天我不吻你了，要处罚你一下。

芳

1981年1月29日夜

*《战金山》

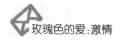

1981年2月2日

亲爱的芳芳:

　　我的小宝宝,我都快疯了,只是想着你。时间过得真慢,"度日如年"一点儿都不夸张。有时感情冲动了想立刻去上海看你,有时又幻想你回来了。恋人在相思的浓郁气氛中,会做多少金色的、五彩的、神奇的梦啊! 在爱情中,理智要让位热情,所谓理智,说到底无非是能正确地估价自己的利益和处境以及和周围的利害关系。爱情抛弃这一切,让理智为它服务,为能得到真正的爱情而冷静地把生命、利益和一切所谓人所必需的诸如名誉、地位等一件一件地选择最恰当的时机抛弃掉, 目的是为了得到另一个世界(异性)的一颗燃烧着的心,一腔热烈的爱,达到两颗心在一起燃烧,两腔爱互倾对方。如果要抑制一下高涨的爱情而诉诸理智的话，理智不但不帮忙，反而会火上浇油，把高涨的爱情推向一个新的高度。比如我想你想得坐卧不安了，我想冷静地控制一下。对不起，这是妄想。我想我是个男子汉不能这样神魂颠倒，要硬硬心气撑过来。其实这只是个障眼法，撑过来，寄希望于不久的将来之意也。只是把急迫的希望，换成了较远的希望。而这较远的希望，纯属一个美丽的神奇的梦，根本不可能成为现实。待到梦醒了，希望破灭，爱火再度猛烈燃烧，再诉诸理智，开始新循环。理智，无非是自欺欺人，只落得个外表沉稳，内心极度痛苦，不断地自我安慰，用理智造一个美丽的梦，再让理智命令我相信这是真的，我也就真信了，直到理智再一次骗我。亲爱的，我就是这样度日的，一天一天地挨过分离后的时光。

　　亲爱的，衣服做得很好，穿上后显得身体也细挑了，线条挺流畅的。我把裤子放起来了，你不回来我不穿，我要穿着它去接你，让你和我一起领受爱情的

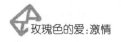

甘甜。料子无所谓好坏,式样合适就行,关键的一点,这是你给我做的。亲爱的,你不在我多伤心呀,想吻你也没法子,想抱你也只是空想。在我怀里感觉不到你丰满躯体的结结实实的存在,纸上的情急的热昏的胡话,尽管蒸腾着爱的光华,也只是如同谎言一样。亲爱的,每当我用力抱住你,紧紧地贴在你高耸的双乳上时,脑海里盘旋的是"结结实实的存在,一个血肉和灵魂的实在"。我惊叹这样一个存在和实体能和我有这样亲密的关系,我赞叹一个血肉和灵魂的实体,竟和另一个叫张峰毅的血肉和灵魂的实体紧密相连。亲爱的,我现在只盼着你回来,只盼你回来,这该死的学校怎么还不放假!

你用了一大半的篇幅向我陈述了你对"香烟缭绕,带有尼古丁臭味的光荣传统和优良嗜好"的高高文愤。我理解这是一个爱人在相思时不可避免的现象。这相思情是剪不断、理还乱,才下心头,却上眉头的事。我一男儿,尚精神恍惚,何况一红颜女子?一定要抓住一些什么发泄一下。从对爱人的"谴责"中，体会到自己深切的爱，体会到行使爱的权利的快感。亲爱的，我只恨不能立刻见到你，如天神助力，瞬间可见，我一定用一千个一万个狂吻来回答你。我真想让你化入我的躯体！

不过"原形毕露""哄骗""慢性自杀"同是"罪行"，一时间嘴也善辩，又体现了个性的倾向，竟至为伟大的人物。然而只是语言上的巨人，行动上的矮子，甚至把可爱的小宝宝两张薄薄的耳朵听出老茧了。猛的一声断喝，我绝不吻带有尼古丁的臭嘴。我的小丫头，你成了个大公鸡了，可把小的吓坏了。亲爱的，屡次负卿，心实惭愧，但这一次绝无让你"佩服"的毅力，而是真心实意地戒烟。当我想吸烟的时候，我只是想到你两只含有责备意思的大眼睛，想到想吻你又怕嘴里的味重了你的难堪。亲爱的，你不相信我，我很委屈。我为了清身养性，戒了酒，又戒了烟，且不吃零食，没有嗜好，锻炼身体，一心读书，只

等你回来。人在从善时,希望得到爱的体谅,自然我完全理解你,这是体贴我的极端方式。爸爸去上海对我吸烟的事只是有所闻,我那时已下了决心不抽了。如果我再吸烟,有何颜面去见爱人、父母、兄妹、朋友、师长呢?还不如跳黄河自尽。男儿一生,使人不相信,惭愧呀!亲爱的,更正一下。尼古丁不臭,是烟草燃烧时放出的一氧化碳和焦油产生的臭味。尼古丁是无色透明有毒晶体,拟应改臭嘴为毒嘴为妙。

我的宝宝,我们不能再观望等待,而是应把八一结婚定为战略目标,一切行为为此而发。想尽办法达到目的,而不是老想会遇到什么困难。团里的事可以多方想办法,你父母之事,让我父母去说,问题不大。只要不声张,征得你父母同意,就不会有什么仓促了、不隆重的想法出现。这件事我不想张扬。自从读了鲁迅训斥大肆张扬婚事的人的杂文后,我们结婚已不从一辈子的大事来看,而是从两个人的感情自然发展来考虑,因此就不存在一生只一次要热闹热闹的想法,想得更多的是两人在一起创造新的生活,而不是把自己生活的未来按耀给别人看。亲爱的,就为戒烟、戒酒小事说起,我也不能没有你,你我结合,我理解是一种新的开始。亲爱的,为八一节结婚而努力奋斗。

我的小宝宝,好丫头,你这个大坏丫头,你什么时候回来呀!我想我恨、我急,再不说那骗人的话,我只是问问什么时候能够吻到你,我的爱人! 我想吻你!

有时间就给我来信,如果能不影响学习,我希望你早回来,希望你常识和政治考好。跑龙套也跑好,什么时候能够回来给我确信,必定下这颗急急的心。还需买什么东西我也不清楚,你是不是买一件尼龙紧身衣,选布颜色鲜艳,式样又好的买一件或者我们出外时再买也行。东西不一定备齐再结婚,慢慢再搞,我们又不是马上要孩子,有的是时间!

你忠实的峰毅

1981年2月2日

1981年2月12日

峰毅:

　　小石上星期四盲肠切除,连日来我几乎没离开她的病床。头两天昼夜未合眼。幸好考试全部结束,不然实在是吃不消。小石打算出了院第二天就乘车回亳,在家中调养,她有意想让我奉陪。我何曾不想使这个想法成为现实。现在领导正在研究,是否陪送还未有结果。如领导决定让我提前走,马上给你拍电报。

　　我现在思想情绪很稳定,请放心。上次写那封信时,一霎时闪动许多念头。好像一团乱麻难以理出头绪似的。所以思绪颇乱,写的也就语无伦次。我认为自己对一些事的看法是对的。这件事根本不存在什么误会,我对叔叔、阿姨没有意见。说真的,我对你才有意见呢。只不过当时考虑到你当月要赶回去。开始我强压着要奔发的脾气，可最后实在是抑制不住了。也许我的脾气发的不是时候。不过对你很有利，可以借此机会多抽数支烟，瞧，千里迢迢飞来的书信还留有"解烦"的余味。

我早已料到上封信肯定会构思出你的长篇阔论。看完后真是又好笑又好气，你都胡写什么。你这个坏东西还很理智地打肿脸充胖子呢。本来这星期不想给你去信的，我又不忍心将这场戏继续下去，还是照顾你的情绪吧。

小石十四号出院，打算十五号回亳，至于我是否回亳，等候电报。

请原谅，不能多谈了，我还要去医院。

芳

1981年2月12日

1981年3月2日

峰毅：

　　亲爱的，非常想念你。分别才一个星期，如同已度过了一个漫长的时光，真是度日如度年。离开了你一切感到无聊、寂寞得很，身体的虚弱与低落的情绪使我对任何事物都冷淡了。我讨厌与任何人接触，当要进行必要的交谈时，我总要竭力地抑制住不安、烦躁的情绪，以免流露出来被别人察觉。现在上床睡觉是我最大的幸福，这样能够使我与外界隔绝了。多么希望时刻表在夜间走得慢一点儿，白天快快地跑。我现在的思想混乱极了，但愿不长时间恢复正常。

　　来校的第二天，我就开始了武功训练。不过头几天偷了点儿懒，老师对我蛮客气的。从星期四开始老师对我就和别的同学一样严格要求，一口气练九十分钟是感到力不从心了。一天下来浑身每一个关节和骨骼都剧烈地酸痛。此时牙齿也跟我作对，也不知什么原因，整个牙床疼痛不止，吃了许多止痛片无济于事。睡梦中时常被浑身的疼痛扰醒。此时多么希望你能在我身边给我按摩，亲抚一番，也好帮我解除疼痛，如今只能咬紧牙独自忍受了。到了学校什么也不习惯，特别是饮食，头两天主食从未沾口，就是靠鸡蛋和蜂糕来维持的，星期三晚上才在食堂露面。其实我也不想这样，可一点儿办法都没有，换了一个环境是要有个适应过程，这些天稍许好一点儿。你不必担心，在外边干什么都不如在家方便，我又不是初次出门，一切都会习惯的。

你现在学习、工作的时刻表安排得比较紧，一定要注意劳逸结合。现在我一没事思绪就跑到你那儿去了，此刻你会在那儿干什么？看书？写东西？你时间安排得那么紧，都在什么时候给我写信？你写信时都是什么样的环境、气氛？想啊、想啊，我这颗心不由

己地似乎已飞回亳州。我陷入了沉思中，同学们的吵嚷声把我惊醒。天哪，我不能老让自己的情绪这样不稳定，还是理智点，回到现实中来吧。

小石和小于上星期五到校。听小石说她已登记了，我真有点不敢相信，难道就这么容易？你来信讲，你妈妈打算夏天回去办喜事，我感觉是不是太仓促了。虽然我们这学期毕业，但还有二三个月毕业，难道我们就差这几个月，连这几天都等不了吗？还是领了毕业证书，到了团里以后，名正言顺地办吧。

亳州什么时候才能来人？我都等急了，还给老师的东西和我的吃、穿、看、用的必需品都在大包里，早知道那天哪怕是累死也要把大包拿着。我现在洗个澡都不能换上干净的衣服，而且还有剧本，如果最近无人来，干脆到车站托运算了。看来后勤工作跟不上，影响极大。不知怎么搞的，这次来校火气大得不得了，一丁点儿事马上就会触动感情，脾气急躁得要发狂。我看小石这次来情绪也很低落，她老是后悔来得太早了，到了学校又不能练功，看什么都不顺眼，总之离开了小周一切都不会满意的。星期天我俩一直睡到中午十一点三刻才起床，吃完中饭上街转转、散散心，近来上海气候变化异常，风雨不断，到处都是昏暗的。此时我的心情也受气候的影响，有一种压抑得喘不过气来的感觉。我想来想去，主要根源都在你，如若不认识你，就没有分离的伤感，也就不会使我的情绪波动这么大。以前从来没有一个人能使我这样牵肠挂肚的，你这个冤家、糟糠、贱人害苦了我了。多么希望我是一个强有力的男子汉，使出全身的力气，狠狠地打你一顿。真的，我非要打你一顿，把各种气都发泄出来，我要发泄出来，一定要发泄出来。你这个人真坏，我明知你是个大坏蛋，可当你真的让我惩罚你，又舍不得让你遭罪。你瞧我就这么无能软弱。哎！谁让上帝把我安排是个弱者，你是个强者的呢？

　　我要狠狠地咬你！

以后尽可能少给你爸爸、妈妈添麻烦。希望尽快地将包给我寄来,越快越好!!代问叔叔、阿姨、月荟、小希希好。大包里有我爸爸给的一沓信纸,说是给你写信用的。如今我的信纸已用完,现在已无法给你写信了。

芳

1981年3月2日

1981年4月5日

亲爱的芳芳:

　　你饶恕我吧! 我这样没出息,竟无时无刻不在想着你。热烈地吻你,我的好姑娘。我的唇上犹留你樱唇的余香,我的身上尚有你身上的兰花香,然而我们又天各一方。亲爱的,短暂的欢聚留给我们多么美好的记忆啊。

　　我以前曾担忧, 我们的热烈而淳朴已经达到了那样的高度,还能再发展吗? 甜蜜的三天,使我认识到我们的爱情又向更高的境界发展了。我们的感情好得使我心里老是像吸饱了糖水的海绵, 一被挤压就冒出甜甜的水。我一想起芳芳这清香的字眼,心里就泛出一股又一股甜甜的感觉。尤其是想到临别时感情的升华,更是像浸在蜜水里一样,甜透了心。亲

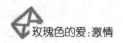

爱的，你丰满的躯体、充满生命力的曲线、娇憨的语言、光艳照人的容貌，使我一再赞叹造物主的神妙，和你在一起待一分钟也是幸福。

这美好的形体固然可以使人爱、使人赞叹，流连忘返，但更美好的是那纯洁而高雅的心灵。美好的形体可以使人爱，也可使人产生邪恶的贪欲，而美丽的灵魂只能使人高高。小狗骗你，我现在强烈地感觉到"生命诚可贵，爱情价更高"①内在的力量。我发觉我以前的所谓"恋爱"，纯属男女吸引，根本不能和我们的爱情同日而语，只是超出肉欲的爱情才是真正的爱情。现在要是没有你，就很难想象我的生活了。

我们现在的爱情达到了精神同一、形体同一的完美地步。所谓精神同一，就是两个人都从内心里自然地流露出共同的思想，往一处想，想的一样，互相

---

① 该句出自《自由与爱情》。《自由与爱情》是匈牙利诗人裴多菲于1847年创作的一首短诗，经由殷夫的翻译、鲁迅的传播，被广大中国读者熟知，后来一度被引入中学语文教材，成为中国读者最为熟悉的外国诗歌之一。原文：生命诚可贵，爱情价更高。若为自由故，二者皆可抛。

替对方着想，体贴入微。形体同一就是我们互相在肉体上不保密，认为对方的肉体是自己的，自己的肉体也就是对方的，双方都替对方爱护自己的身体，双方都替对方爱惜自己的容貌。"女为悦己者容"①，男的为知己者而打扮。我们不但有一般人所没有的爱情，而且有建立在共同理想、共同情趣、共同崇拜上的高级的爱情，从这一点上来说，我们太幸运了。我的一切所谓不幸，都将化为乌有，我个人发展上的一切不顺利、坎坷，都将在这一点面前变为顺利。我非常满意，对你，我的未婚妻，我是心满意足的，暗自庆幸上帝的恩赐。我愿意重复说，你是我的生命，我活下去的力量，奋力向上的原动力。我永远踏实于你，永远

① 女为悦己者容出自《战国策·赵策一》："豫让遁逃山中曰:嗟乎! 士为知己者死，女为悦己者容，吾其报智氏之雠矣。"豫让是春秋四大刺客之一，本为晋国卿士智氏家臣，公元前453年，晋国赵氏联合韩氏、魏氏在晋阳打败智氏，智氏宗主智伯瑶被杀，头颅被赵襄子做成酒器使用。豫让为报答智伯瑶知遇之恩，伏桥如厕、吞炭漆身多次行刺赵襄子，最后自刎而死，留下了"士为知己者死，女为悦己者容"的千古绝唱。

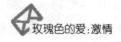

做你忠顺的奴仆,亲爱的,返亳的路上已眷恋不已,回亳后更是朝思暮想,其情十分凄苦。亲爱的,来信安慰安慰你的小哥哥吧!

爱情越甜蜜,压力越大。我已决定,用三年时间好好学习,考研究生,以此作为我成为政治家的道路。我绝不辜负你的希望,不论我处在什么地位,处于何种恶劣环境,我都将始终不渝地学习努力,以对得起你无至的爱。

一个人总是不断地进行自我设计,设计自己在别人心目中的形象。根据别人的反应来修正自己的设计,这在控制论中被称为反馈,即有意识地调节自己达到某种目的动作,以取得达到某种目的的最好动作。通俗地举例,如你练功,每练一个动作后,有意识地和标准动作比较一下,纠正不符合标准的动作,使动作标准就叫反馈,也就是检查自己的行动,发现自己动作中不合预想目的的部分,并改正之,使自己的动作逐渐符合预想的要求,就是反馈。亲爱的,把你那儿姑娘对我的评论告诉我，我好重新设计自我形象。

芳，淑芊姐因无经验，又不问阿姨，在流血几天后，自作主张流产了。她已怀孕两个多月，实在可惜，身体也受亏。你们姐俩都是一样的毛病，有事不好意思说。淑芊姐是在她流血三天后才告诉阿姨的，致使挽救工作无法进行，要接受这一教训啊。你写信务慰务慰淑芊姐，让她宽心。不过，我担心今后会形成习惯性流产，我已在厂里见过好几个这样的事例，头胎无论如何不应流产。形成习惯性流产的猜测，你千万别告诉她，如果告诉她，仅仅心理上就可促使流产，注意。我已表示了慰问，你好言慰之吧。

伯伯真爱你，向我问你饮食起居，一日三餐吃多少，吃什么都问到，倒把我问住了。伯伯批评我不关心你，我承担了责任，伯伯知道你体重后高兴得很，又问你脸色如何，是白的还是红的，我答曰："是红的。"才放心。我解释了我不让你买东西的理由，伯伯

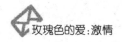

只说应给鹏鹏买点东西吃的，这一层我倒忘了——鹏鹏学习紧张，需要营养。伯伯问你东西吃完了吗？我就胡扯说你没吃完。地瓜干的事，我忘了告诉伯伯了。东西都送回了。

未见到阿姨，她上中班。

寄书和杂志的事，你先等几天。我这几天上班，只有休息了才能去买书。

亲爱的，毛巾被还没有洗，因为刮风和天阴，所以才没有洗，洗好再送给你。

向热情接待我的小杨致以深深的谢意！

向没有见到的小陆表示我十分遗憾的心情！

向那几个热闹的姑娘——小石、小郝、小伟致以谢意。告诉她们，她们给我留下良好的印象。

亲爱的，但愿今天晚上和你在梦中相会，我的思念随着感情的发展而愈来愈苦。

紧紧地用我全身的力气拥抱你！

吻你一万遍！

1981 年

把你的照片底版寄给我。

日夜思念你的峰毅

1981年4月5日

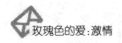

1981年4月7日

亲爱的芳芳:

　　热烈地吻你！提起笔来心情是复杂的，要告诉你的事肯定会扰乱你宁静的心绪，会影响你学习的情绪。然而我们纯洁的爱情要求我们互相把自己的事情告诉对方，我不能把自己的事隐瞒，这样是不忠实于爱情的。另外我内心的痛苦，迫使我把事情告诉你。在外人面前我是一个硬汉，强有力的和自己的命运进行抗争的斗士，但我是人，我的心是肉长的，我可以把苦痛压在心底，对一切降到我身上的灾难视为"东风射马耳"，我不能，不能用烟、酒来寻求寄托，那是消极的，我只能在继续奋斗的大前提下，向你——我最亲近的人，我最知己的人取消克制的假象，暴露内心的痛苦，寻求寄托。这是一个受煎熬的

090

灵魂的寄托，是寄托给一个最美好、最纯洁、最亲爱的灵魂的灵魂。灵魂在哭泣，它需要你，亲爱的芳芳的爱抚。

我的人生道路，给我是一系列厄运。我向来不注重物质利益。从不计较个人思想，可这一次评工资，却对我是一个沉重打击。我没有评上，钱的问题是小事，问题是我10年勤奋的工作不被人们承认。固然我不在原工作单位，"人一走茶就凉"，但毕竟是这些人都不理解我。他们闭眼不看我的贡献，而只觉实用主义的态度来对待我。我进入社会以来任劳任怨只因为人耿直却落得个如此下场，我感觉到这是不公平，"人间处处有不平等"，我不打算争，我只想从今以后，我更要奋力向上，用我一生的心血使人们知道我是一个正直的、为人们办好事的人。我一向与人为善，不计恩怨，却落得如此孤立。但这也动摇不了我"先天下之忧而忧，后天下之乐而乐"的崇高信念。

我痛苦、我惭愧，尤其面对你炽热而纯洁的爱

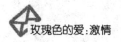

情,我无法对你说,我使你难堪。我常自信能把握自己的命运,而现在却无能为力。你喜欢我,我要对得起你。我的生活道路如此坎坷不平,你和我在一起要受多少委屈啊!我怎么对你说呢?挫折使人聪明起来,挫折使人胸怀宽广起来,我已经饶恕了所有对我不好的人,可怜的人,都受着那种必然的规律性的盲目的支配,我虽信命,但还是能够自觉地顺应必然的规律性的,也许正因为我看得太清楚了,才使我屡遭打击?亲爱的芳芳,我到这个世上25年了,唯一能使我幸福、自豪、满足的是得到你纯洁的爱,你的爱是我多年来唯一的好运,唯一的值得永远刻在心头的事。从这一点上来讲,我是世界上最幸福的人。我不会无病呻吟,但却很痛苦。我要抗命,也要爱抚。我的爱人,在给你写信的过程中,我的痛苦的灵魂已经升华出一种精神——继续战斗。"天将降大任于斯人也,必先苦其心志,劳其筋骨,饿其体肤,空乏其身……曾益其所不能。"和别人比我仍是幸运的,我不应沙小地认为只有自己最不幸,我已经不错了。我相信困难的处境会磨炼出我钢一样的性情,你炽热的爱情会锻炼出永远爱你,永远忠于你的峰毅,患难见真情。我自信我将在未来尽我所能,为我们伟大的祖国、伟大的人民服务。

想起1971年拉练到农村去,看到一群群面孔污黑肮脏的孩子的样子,看到80岁的老翁在场上翻晒大粪的情景,孩子们羡慕地看着我们吃肉的眼光;老翁赤裸的上身瘦得皮包骨,用力时肋骨一根根暴突出来的情景,就使我立誓要使他们能吃上好饭、吃上肉,立誓能使老翁安享晚年,我选择了唯一能实现这一目的的共产主义。天真的我认为自己心善即可拯救人民于水火之中,但实践起来却发现困难重重,"私"字像毒药一样浸透着许多人的心,使他们千方百计地阻挠这个主义的实现。我也因此而屡遭打击。我不名一文,我报国无门,然而在困扰中,在黑暗卑鄙中,更加看到共产主义的美好,更加体会到实现的

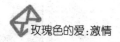

必然性，我也更加坚定了自己的信仰。亲爱的芳芳，我的爱人，在崇高的道路上迎着风雨前进吧，未来属于我们。

　　紧紧地拥抱你，吻你柔软的香唇。

你忠实的爱人峰毅

1981年4月7日

1981年4月13日

亲爱的芳芳:

　　热烈地吻你！十数天来见你的文字，音信不通，心里老是渺茫得很。我知道你学习练功很刻苦，又正在赶排节目以迎"文代会"召开，时间是很紧迫的。但是几天不见你的文字、不得你的音信，感情是受不了的。相思总是和煎熬连在一起的，思念之情随着时光的流逝而日益加深，有时是坐立不安异常烦躁的，从这一点上我是佩服你的克制能力的，我虽能克制却不能不受感情的驱使。我们的先人创造了一句成语叫"五内俱焚"，我真感谢他们，这句话十分具体地把我肉体、精神的状况描写出来了。我腹中燃烧着大火，内脏都被焚掉了。亲爱的芳芳，你这个丫头叫我想得好苦啊！其实这都是废话，我们彼此都知道对方

的心情，我们是互通的。然而人就是这个怪毛病，有了某种感触就一定要表现出来，尤其是爱情，好像不如此无以表达自己的感情。想当初，我是一个愣头小伙子时，曾经嘲笑过多少小青年拜倒在姑娘的石榴裙下，可是看看我，真是"说人不如人"。我现在神魂颠倒被感情牵着鼻子走，在爱情的罗网中无力地挣扎。小伙子和姑娘之间的纯洁感情具有怎样的力量啊！这又是多么神圣的东西啊！

上封信跟你谈到调级问题，我是怨气冲天。经过一个星期的苦苦思索，毋宁说是激烈的思想斗争，我获得解脱。想一想上封信告诉你的思想状况，我感觉思想又前进了一步。我曾感觉对我不公平，是的，我现在仍然认为对我不公平。但我已理解工友们为什么不讲正义而谋私利，我曾告诉你这些人受着必然规律的盲目的支配，而我似乎可以较自觉地顺着这必然的规律而行动。我们的国家太穷了，东西少、人多，为了生活必需品彼此争夺着。我国近代史是一部为生活必需品而和三座大山英勇斗争的历史。现在生活必需品一般都能满足，但人永远会对自己的生活提出新的要求。人总希望日子过得更好一些，这是人的自然倾向，是人类不断认识世界、改造世界的根本动力。东西少，人多，人人又都想过好日子，这就是矛盾了。怎么办？东西少，人多，就争了起来。为了使自己的生活更好一点儿，不惜故意抹杀别人的劳动成绩，这就是说为了过好日子，不得不借助卑污的"私"字。于是我就没有人评，我很气愤。现在我认为，我的最终目标是使大家过好日子，那么现在虽然我不能改善生活，但可以由此使另一个人生活得好一些，这是和我的最终目标一致的。我理解这些可怜的人，我同情他们，我不和他们计较，我坚定不移地扫除自己的私心杂念。不错，上封信暴露了自己的弱点，但这更说明我是一个人，并有力地说明我也会像你那样"闻过即改"。至于说评级是根据贡献，评不上就是贡献不大，我都不计较，因为从最崇高的目标来

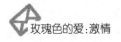

看,它要求不计较,勇于献身,富有牺牲精神。只有一点儿小小的担心,就是在我设想的我们两人结婚后的生活图景里,为了你的文艺工作,家务劳动要大大减少。根据我现在对家务劳动的理解,家务劳动的减少,必须用其他劳动来交换,就是必须用货币——钱——其他劳动产品的代表来交换,这样才能使你精力充沛,一心一意地为事业而努力。我甚至想为了你的事业(只要你愿意),我们可以不要孩子。当然这样做阻力很大,但仔细计划还是可以做得到的。由于评级没评上,今后再评势必居劣势,估计我低工资的情况不会很快改变,这会大大影响我的计划,不过我也想出办法来弥补了。亲爱的,我用了整整一个星期进行思想斗争,大部分都是从支持你的神圣的事业考虑的,后来考虑可以用削减自己开支、减少对外联系的办法来弥补,不过那时的日子很可能是一个浓情蜜意然而相对清苦的日子。我很抱歉,很不安,当然有时很烦躁,要知道我不希望我的爱人在从事事业时为生活所迫。事情总是要起变化的,慢慢地再说吧。可是感情的欢洽、生活的清苦,或者正是搞事业的环境?

亲爱的,你不要以为我支持你的工作是出于对你本人的好意,不,如果是为了爱你支持你的工作,那么如果你爱我了,我就可能在一段时间后,在你不爱我时不支持你的工作。我也是从最高的目标出发来支持你的工作,你的工作使广大人民心情愉快,生活充满乐趣,这样的事为什么不支持不喜欢呢?对你的爱只不过使我的支持更加强烈,更加具体,更加细致。

亲爱的,你的倔强自信心很强,自卑感也很强。我时常强烈地感受到社会给一个个天真无邪的人的干净躯体上戴上枷锁。人心的差别太多。我思想深处是根深蒂固的平等思想,使我不能忍受这种东西,我要用自己的努力去打碎这些陈旧的东西。我对地位、金钱、权势等问题特别敏感,任何一个人如果想暗示一下我关于上述问题的话,我都会十分快地有反应

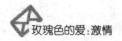

的。归结一点就是,我从不看不起别人,也不希望别人不尊重我。不过现在就是别人不尊重我,一般我都是原谅他们的。

每个时代都有自己的重大问题,赋予这个时代的人们的任务就是解决这些重大问题,推动社会前进。社会前进了,时代变了,又会产生新的问题,人类就是在这样的不断循环中前进的。

要结束对你的倾诉,我的未婚妻,我是多么孤独啊!你朝霞一样的脸庞,明星一样的眼睛,温柔的香唇,有如凝脂一样的肌肤常常在我的感觉上重现。我生活在想象着你的温情中。不行,五一节我一定去看你。我去看你怎么联系?五一节你们学校怎么安排的?你怎样打算的?来信告诉我,不要我去一趟影响你的学习或演出,告诉我你生活和学习中的苦恼。

紧紧地拥抱你,深情地吻你!

永远忠于你的峰毅

1981年4月13日晚

1981年5月7日

亲爱的芳芳：

今天收到你的信实属意外，读信后也是很遗憾的，不过是遗憾而非扫兴，结婚如果仅是兴致而能轻易扫掉的话，未免太轻率了。我希望你和我成为名正言顺的夫妇，并非让我们两人日夜厮守，我个人理解这是一次争取自由的行动。结婚意味着脱离家庭，真正地独立生活。从内部束缚我们的绳索解除了，我们解放了。事实上，只要我们注意一点儿，也不一定非要结婚才能保险。只要你不怕麻烦、坚持服药，不要存有侥幸心理，就能有效地控制生育。本来我们的爱情生活是很丰富的，夫妇间的所谓生活，恐怕不如我们来得丰富多彩，未必一定要这么早和仓促地结婚，你说我自私，或许有点，但祸不是我，而是你们家。我

只是心里有气,才决定快结婚,一完事看还有谁说我,看还有谁像防贼那样地防我,看谁还能给我个脸看,随后再哄一哄我。老实说,我向来以宽大为怀,强调对人处事讲究宽容互谅,但你家有时使我太难堪了,我不能不产生一种尽快摆脱掉这种状况的情绪。我一想起你回来后,我到你家竟像入冰水一样,使我十分难堪,没有你的答话,竟没有人招呼一声,不由得气往上撞。我和你相亲相爱,基础是平等,而并不是什么低三下四乞求人的事,幸好你出来解围了。不幸的是,你并不知道我的处境,事过后偶尔想想,不禁眼睛都冒出火来了。所以我不想继续处在这种状况中,我想一劳永逸地结束这种可悲的状况。我想证明我不是一个靠人怜悯生活的弱者,我要证明我是一个能够爱而且敢于爱并在各方面都是一个能自立的强者。还有,你爸爸的专横和武断也使我有点生气。说结婚就结婚,不结婚也就是一句话。我们一家被呼过来呼过去,一点儿商量的余地都没有,所以暑假结婚，也有反抗的因素。因此，妈妈提出早结婚，和我的这些想法不谋而合，于是就写信给你了。当然，这里面最主要的是我想和你在一起，而我们分离，好容易你回来了，我们竟不能比较自由地在一起。至于谈到性欲问题，是不是等不及了。亲爱的，这个你清楚。我们现在比正常的夫妇还要强烈，但我们事实上已不存在等不及的问题，因为我们只要在一起（上帝给的时间），就不存在性欲无法解决的问题。说来说去一句话，我可能自私，也可能有种种坏念头，但都是可商量的，我向来不强加于人，更何况是自己的爱人呢？所以什么时候结婚，悉听卿意。你愿意什么时候，我就是什么时候。你怎么安排，就怎么办。但是这一次我有一个小小的条件，就是你暑假回来，我在上面说的那些事不要再出现，我希望我们能够比较自由地在一起。我不想再听什么几日一定回来，我也不想看你当我的面请假的事。如果要请假才能和我一起出来，那不如就让你待在家里。我也希望你能在我

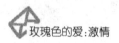

家多待些时候，上次回来你照顾妈妈，很长，但也不能说你照顾到我家老两口希望见到你和你说说话的愿望。最后，我希望在伯伯"争风吃醋"的时候，你能婉转地制止他，这不是我"吃醋"，对他本无醋可吃，我不愿意伯伯这样对待自己的儿女。一方面不许儿女有个性，另一方面又让儿女在自己面前撒娇或自己装出儿童的天真来取乐。这样对待儿女是视儿女为自己的私有财产的做法，尽管里面有父爱，但里面还有把自己的儿女当作玩物的看法，当然不是那么强烈。这些做法我看到后有看法，我观察了伯伯，他在我面前也不自在，他改变不了我，我倒想劝他不要这样。

结婚本是为了改善处境，如果不结婚也能改善，谁也不做放着轻松自如的事不干反而去仓促上阵的傻瓜。所以春节结婚，随着卿意，暑假登记，亦随卿意。这封信把我在平时谈话中散见的想法集中了一下，很可能你又有"暴露了狰狞嘴脸"的看法，这也难免,我也没有办法,有什么说什么,有误会就消除,有意见回来提。你也考虑到这会影响我的情绪,你试图让我答应你而又不影响情绪,可是亲爱的,这只是想想而已。至于你以攻为退的小手法,我只是笑笑。不瞒你说,情绪是要低落一阵子,恐怕只有你回来才能有所转机。你可能想,我怎么那么不通情达理,可你设身处地地为我想想,也许你会理解我的心情。但是你不要误会,我是在婉转地要你同意八一结婚,我说过听你的安排就不会反悔。

最近心情不好,十分想念你,由于你以前含含糊糊使我产生了就要结婚的感觉。这封信犹如霹雳一样,把我的美梦轰碎,使我高度兴奋的神经一下子松弛下来,就像从高山一下子跌入峡谷一样,高亢的情绪也跌入低潮,心情愈加恶劣,哪儿都懒得去,脾气大得要命,焦躁不安,浑身火发。现在头痛得要命,也不知是精神上的毛病还是生理上的毛病。好了,亲爱的,祝你彩排成功。你可要早点回来,我的心情很不

105

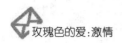

好,我需要你的爱抚,现在我很软弱,感觉到无力,我需要你用紧紧的拥抱和热烈的吻抚我心头的创痛,亲爱的,抱抱我吧!

你忠实的峰毅

1981年5月7日

1981年5月17日

亲爱的芳芳：

亲爱的，热烈地吻你。星期二晚上未收到信，十分焦急。星期三早上索性在家等你的信，待看到你的信后，一颗心才放下来。亲爱的，你走后我一直烦躁不安，坐不住，心情恶劣。你就像一曲悠扬的乐曲，把我躁动的情绪抚平，然而曲声一停，情绪又搅动起来了。亲爱的，回想我们长里偷闲的恩爱，想起我们心心相印，心里是甜蜜的，是幸福的，然而分离又使我满腔悲绪。30天，弹指一挥间，可在热恋的爱人眼里，真如30年，正应了俗语"度日如年"。每天惶惶以念，心甚而梦楚。

功课没耽误，我很高兴，望努力，抓紧这一个月，不妨拼一下，既学到了本事，又可修正体形，两全其美。

我现也很紧张,一星期5天课,我们星期天又不休息。下星期就考试,考完试就放假。

疲于奔命,人就是要抗命,要和命运搏斗。我的上一封信收到吗?我争取考个好成绩。不过我历来讨厌死记硬背,文科考试又特别讲究死记硬背,只好硬着头皮背,然而思想不通,毕竟不爽快。考试我不怕,只是未必能有高分,争取就是了。

照片洗出来了,汪果然不收钱,待你回来再答谢他。照片上你笑得那样甜,只有我一人能悟出其中的深情。还有那含情脉脉的目光,我看了心里一阵发麻,就像我们拥抱时一样,不过也有几张照得不好。你妈妈和你姐姐,你三人照得那张不错,不过我不寄给你了,每样洗两张,我准备选几张寄给你,其他让李宏看看,哪些可以放大。

眼看到10点了,为了明天下午你能收到,草草住手。亲爱的,紧紧地拥抱你,热烈地吻你。宝宝,我要把头贴在你发出幽香的双乳之间，让你使劲抱我。宝宝，我咬你！

峰毅

1981年5月17日早上9时半

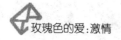

1981年5月26日

亲爱的芳芳：

热烈地吻你！亲爱的,如果说以前我看小说,对小说里男女主人公的如醉如痴的恋情,那种强烈的足以使心灵、灵魂颤抖的恋情,仅是麻木地想一想,甚至还对这些人的痴情感到很可笑的话,那么现在我是深深地体会到这种最使人感动、沉醉、高尚的感情了,爱是多么神圣啊！这种强烈的、持久的、执拗的爱情袭来时使我的心感到窒息,我喘不过气来,我战栗,幸福像海洋一样把我淹没。我的宝宝,亲亲,你对我的思恋使我辗转难眠,你相思的痛苦使我心如刀割。我的爱人,男子汉的相思尽管如醉如痴,但还可以寻觅刺激,以冲淡心头的痛思。而你,一个女子,对我热诚的爱,会使你失去多少宝贵的睡眠,而又有什

110

么能强压下去这世间最苦的离悲啊。亲爱的,我们永不分离,今生今世。如果还存在另一个世界的话,那我们就永生永世不分离。但是我们的爱情服从于伟大的事业,服从于崇高的人生观,为人类做点好事。亲爱的,我多么想和你朝夕相处,耳鬓厮磨啊!我多么渴望你温柔的爱抚,你湿润的香唇的热吻,你丰满的乳房的挤压,你柔软的身体的相偎啊!亲爱的,和你在一起一句话不说,紧紧抱着你,嗅着你少妇的芳香就已经无比幸福了,亲爱的,我想你都快疯了。理智对感情是无能为力的。

你对小说中人物的同情我非常欣赏,就只要从小说的描写中引起共鸣。你对京剧艺术的评价,尤其是对几个京剧本子的评价,颇有见地。这没有什么,我最喜欢的是,亲爱的,从你对京剧本子的评价,可以窥见你的胸怀是多么开阔了。你已超出了一般好的见地,可贺也。杀伐决断,有巾帼英雄的风度。好!你喜欢壮美而绮丽的艺术,迎合我意。这符合我们人

生的斗争精神。亲爱的,这个进步是比你艺术上的具体进步更伟大的思想进步。我的亲亲,在你向名角攀登的道路上,你可以向一个更高的水平前进了。你已经有了一个向前飞跑的坚实的思想基础,我预料你以前所不齿的小戏小曲等也会引起你的喜欢的,其他各种艺术形式的表演技巧也会引起你深厚的兴趣,一旦能够冲出红颜薄命,坐愁红颜老,一身系于何处的幽怨和牢笼,敢于去掌握自己的命运,安排自己的命运,那么你对知识的要求就会大大提高,思想的开阔必然会带来广泛的兴趣和强烈的求知欲。

亲爱的,现在我突然压抑不住汹涌的情感,这会儿我的感情就像我用全部力气紧紧抱着你时的感情一样。我真想飞到你那去,我真想和你结婚。然而,然而,我克制住了自己。上帝知道,我们"被这强烈的爱挤压得痛苦地呻吟"。天哪,什么东西能使我们稍微冷静一些呢?

你捎的东西收到,你捎的信在小月那儿,他29日才回亳，小刘回来得早，把东西捎回来，但到小月那儿去取东西时，未找到小月，只好把东西拿回来，信没捎回来。

你捎回来的被面送到你家去了，吃的东西我自作主张把麻团给爷爷吃了，瓶子干什么用的，阿姨叫你写信告诉我一声。阿姨叫我看你买的被面，坏丫头，你已经买回了一床被面了，我爸爸、妈妈不声不响地把木料和五合板已买好，据说已够打一套家具，具体式样由我们来安排。男子汉永远也体会不到姑娘的复杂的心理。我的宝贝，你已经开始准备了，我还像傻子一样地不知干什么好呢？等暑假回来，我们再商量吧。亲爱的，我一直想给你买一件连衣裙，可我又不能到你那儿去。亲爱的，我把钱寄给你，你自己买好吗？你肯定说你自己会买，但我的宝宝，这是我给你的礼物，那是我的心意啊，你自己买准保自己满意，你满意我就高兴。告诉你，我这次调了半级，据说这也是很大的面子了。这种积怨在于评工制度太

113

落后了，你怎么样？

现在我们继续美学通信！等一等，你和小杨的合影收到了，那张美人相送去放大。亲爱的，你的风度愈来愈妩媚和贤淑了，就是不太清楚。我忍不住要吻你，可惜小杨和你在一起，使我又打住了。最后有数张有山作大背景的，最丰腴的是亭子作背景的，我最喜爱的还是一塔斜矗、你若有所思、饱蕴深情的那张。亲爱的，就像你含情脉脉地看着我时一样。小刘回来后，说你的眼神厉害，记得梅兰芳先生的眼神就好，这说明你脑子里有神了！亲爱的，为了倾诉相思的衷肠，竟说了这么多，真没有办法，感情太厉害了！

亲爱的，我坐在床上查阅一本书，不幸颓然入梦，待惊醒时，已是天光满空。雨后寒寒碜碜的阳光也出来了。美学通信又要推迟一天，这封信先寄给你。免得你挂念，美学随后就来。

我的芳芳，这一阵脑子里如翻江倒海，可全都是写你我亲爱的故事，这牵肠挂肚、梦绕魂魄的恋情，可怎么得了。

我的小宝宝，让我用全身最大的力量紧紧地抱着你，用我干燥的火热的嘴唇送上激动温柔的甜吻。

亲爱的，愿你夜频梦多！

速回信！

你忠实的峰毅

1981年5月26日晨光

1981年6月2日

亲爱的芳芳:

　　热烈地吻你。根据我们的约定,共同学习美学。美学就是关于艺术的本质的学问。艺术是社会意识的一种形式,它的特点是通过生动、具体、感人的艺术形象来反映现实生活。亲爱的,正像你扮演公主这样一个生动的形象来反映现实生活一样。这里必须声明,艺术中生动、具体、感人的形象是从现实生活中提炼来的,艺术和现实生活的关系是这样,现实生活决定艺术,艺术反映现实生活,并从现实生活中推断理想的生活,创造出走向未来的光辉灿烂的美好形象。艺术就是美,艺术的本质是美,艺术是美的科学。你肯定想问,美是什么?且慢,现在不是解决这个问题的时候,美的本质就是艺术的本质。但是亲爱的,不了解一种事物和现象的起源,就不可能深刻地理解它的本质和作用。你看研究人类社会要从原始社会开始,研究人要从动物开始,研究天文要从宇宙的起源开始。不了解艺术的起源就不可能理解艺术的本质和作用。

我们的美学学习,我计划从三个阶段学。第一阶段是艺术的起源,第二阶段是艺术的本质,第三阶段是艺术的作用。一年能不能学完,你考虑一下。第一阶段起源里自然包含什么是艺术的问题。

(1)起源学习准备用普列汉诺夫的《论艺术》*为教科书,另外我在杂志上再找一些关于原始艺术、艺术起源的材料。

(2)本质学习准备先读车尔尼雪夫斯基的《艺术与现实的美学关系》一书,待了解到车的美学革命,美即生活后,再进一步理解马、恩、列的美学思想,书籍我来找,你也到学校图书室去找一下,最好以后能买朱光潜先生的《西方美学史》*一阅,此是后话。如果

有时间或有兴趣的话，可以大约地了解一下黑格尔的美学观点、费尔巴哈的美学观点。

（3）作用学习准备用普列汉诺夫的《艺术与社会生活》一书作为初读课本，然后学习毛主席延安文艺座谈会上的讲话。

三个阶段学下来，会对什么是艺术、艺术的起源、艺术的本质、艺术的作用有一个初步的系统了解，会解决艺术和社会的关系、艺术的标准问题等一系列问题。可以说，这是你向名演员冲击必不可少的理论准备。要求在学美学期间大量阅读小说、诗歌、戏剧以及关于文艺理论方面的著述，力求对艺术有一个感性认识，然后才能进行理论上的概括。还要求能从内心的自我感觉，去体会人间相同或类似的感情，以求激起一股强烈的激情，就是人们所说的艺术家的激情。

亲爱的，我打开《论艺术》第一章，略略看了一下，决定写一封关于《论艺术》的信的内容。我把我认为难懂的概念先解释一下，然后分段落大意，抓住中心思想，指出论述的逻辑线索。我把我对该书的理解写下来寄给你，你回信提出问题，讲不理解的地方和出现的难点，并对我的论述方法、不足之处指出批评，使我能运用反馈原理修正自己的行动，以符合你的实际情况。

《小说月报》我没时间看，最后一篇大略一扫，发现感情写得很真挚，是活生生的现实的再现，具有催人泪下的艺术力量。《小说月报》是一个较好的文学杂志，也是各种文学艺术杂志上发表的好的小说的集锦。

如果小杨、小陆她们也想学习的话，你们可以一起切磋、辩论、思考，这样你的学习会进步更快。如果其他姑娘也想学习，当然更好了。让学习占领她们的思想阵地，吸引她们的注意力，对于大家的性情的陶冶会是很好的。以你为中心，大家都来学习，岂不很好。思想交锋会迫使人们去思考问题的。由你决定吧！我们的美学通信望保存，或许还有整理成专文的价值也未可知，

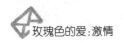

但有一点可以肯定,会清晰地看出我的思想在前进。

我现在正在研究学习意识的起源、本质和作用。脑袋里整天都是些什么反应、刺激感应性、无条件反射、条件反射、第一信号系统、第二系统、感觉、大脑皮层、神经系统。物理、数学也开始学习,大字也正在写,时间感觉很紧。我每星期天的下午是学习、写信的时候。下个星期我值班,星期天如果没有你的信,我真不知应该怎么过。

亲爱的,你娇艳的容貌就像你闪光的思想一样,时时在我脑海里显现,心灵不和你交流,一切都枯燥无味。我是那样喜欢看电影,只因没有你,我讨厌、倦于看电影了,一切热闹的活动我都讨厌,我只是渴望在心底和你交流感情的信息。

没有你,我的爱人,我将生活在没有太阳的阴冷中,你温暖着我的心,照亮了我的生活。

吻我吧,爱你的峰毅

1981年6月2日

1981年

论 艺 术

（没有地址的信）

普列汉诺夫 著

中国人民解放军战士出版社编印

*《论艺术》

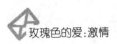

*《西方美学史》

1981年

1981年6月21日

亲爱的芳芳:

　　我的爱人,你走了整整七天了。尽管两次接到你的信, 但文字引起的视觉形象和由这形象展开的精神联想,虽说也是一幅活生生的生活画面,可怎么也不如你一声娇嗔,不如你体贴入微的温存,不如两个人在一起时感情的欢悦。我的爱人,虽然我为考试绞尽脑汁,饭也懒得吃,觉也顾不上睡,可我时时刻刻地想着你。连日的困顿,心火上升,焦躁不安,我多想在你丰满的胸脯上少憩片刻,让你的平稳的心音平息我躁动的如鼓点般的心啊! 亲爱的,尽管我们今在两地,都很艰苦,但是这体现着我们强烈的追求,体现着我们的奋斗,我们在创造自己的生活呢! 想到此,挤成团的眉峰舒展开了,心心相印的恋情如甜蜜

123

的清泉,把烦恼和相思冲走了。

亲爱的,得知你能提前回来,心头大喜,再一端详,竟是二十多天,高兴之中又游来一丝苦情。二十多个日日夜夜,二十多个断肠之日,只有近乎疯狂地读书,才能忍耐下来。上海的天气非常闷热,我们这里这几天高热得喘不过气来,上海就可想而知了,你要节劳。为了减轻你的负担,信不必及时回,只要你能在我恋情高涨时来一封信即可。我赞赏你把时间抓回来的方法就应该这样,玩要尽兴,爱要像火,工作起来要拼命,学习起来要敢闯,去敲地狱的大门。希望你彩排成功。

亲爱的,胖者脂肪囤积太多也,就是摄入的能量大于消耗的能量,并非把你身体搞垮之意,而是为了你的艺术青春着想。固然有我希望你瘦一点儿的意思,但更重要的是一个演员必须要有较好的身段。艺术生命才能更长一点儿。夏梦①年过五十,但见她的人都以为她只有二十多岁,很重要的原因是节食,注意保养和保持苗条的身材。女子常叹红颜易去,悲人世匆匆,岁月如梭。夏梦的做法可以免此一叹。她的做法是每天早晨三杯水:一杯茶水,一杯橘子汁,一杯咖啡。中午菜汤泡一点儿(二三两)米饭,晚上再吃一点儿没有脂肪的食物,热量和营养都够,而不减其容,不发福。我们虽然条件不太好,但每天早晨可以喝一杯牛奶,来些必须食物,其他也可酌情办理。你是要练功的,自然要比她吃得多点。我甚至想为你的事业,我们不要孩子,当然这是后话。亲爱的,你现在喝凉水都会胖的。你能恢复到去年夏天的程度就正好。

---

① 夏梦*(1933年2月16日—2016年11月3日),生于上海,祖籍江苏苏州,香港电影演员及制片人。1947年,夏梦随家人迁居香港。1950年,由毛妹介绍,加盟演艺圈,签约香港长城电影制片有限公司,在长城主演电影《禁婚记》崭露头角。1953年,主演的古装片《孽海花》参展爱丁堡国际电影节。1956年,加盟凤凰影业公司。1966年,主演《迎春花》后息影,移居加拿大。1979年,创办了青鸟影业公司,担任总监制。2015年,夏梦获第18届上海国际电影节华语电影终身成就奖。

125

　　妹妹给我们买了两对枕套,很素雅,你回来看看吧。我的裤子做了没有,如果没有我现在在亳先买一条穿怎么样?

　　你妈妈星期五出院,除了身体有点弱以外,一切正常,勿念。我已告诉她你很惦念她,她说让你安心学习。伯伯给鹏鹏去信,我就没有再写信。

　　爸爸已在今天早晨赴沪,他可能要去看你。我告诉他你已把油给表舅送去,他听了很高兴。

　　照片选了几张让小蒋放假后给你放大。

　　亲爱的,时间紧迫,还要复习(做老师出的思考题),让我们暂停笔会。但愿早一点儿能够紧紧地拥抱你,热烈地吻你甜甜的唇,润润的肌肤。我衷心地向上帝祷告,让紧紧的拥抱早日来临!

你忠实的峰毅
1981年6月21日

* 夏梦

玫瑰色的爱：激情

1981年6月22日

亲爱的芳芳：

紧紧地拥抱你，热烈地吻你。自从你来信说可能提前放假，被理智强压在心灵深处的恋情，像美国的圣海伦斯火山①一样猛然爆发了。炽热的恋情毫不留情地把理智的冰墙融化了，我在难言的煎熬中度日。亲爱的，这日子是真难挨。相思的酸楚，咬着我的心，心里怎么也不是个味。如果说在我们初恋时，我曾引了李清照的词"此情无计可消除，才下眉头，却上

---

① 圣海伦斯火山是一座活火山，位于美国西北部华盛顿州，海拔2549米，属喀斯喀特山脉。在喀斯喀特山脉的众多火山中，圣海伦斯火山是一座相对年轻的火山，大约在30万年前形成。该火山具有记载的大规模火山爆发发生在1980年5月，导致57人丧生，火山灰烬覆盖美国西部大片区域。该次火山爆发将山头削去了300米，崩塌造成的2.5立方千米岩屑直接冲入下面的山谷。2004年以后火山活动逐渐趋于活跃并产生小规模的爆发。

128

心头"表达我既想念你，又心怀敬畏的拘谨心理的话，那么现在这几句词，在我更深地理解你，在我们热烈地爱着，在我们精神上乃至各个方面的由于共同性而结合产生了极其强烈而又持久毫无保留的爱后，更加深刻地表现了我的恋情，真是"无计可清除"。时间走得真慢，我都忍受不住了。我的爱人啊，你什么时候能回到我的怀抱里？我茫然地问妈妈，我可爱的姑娘来信了没有。忽地又想起了，为了减轻你的负担，我狠着心让你不要来信。是呀，为此逐强压着沸腾的感情，整整七天才给你写信。唉，以前我向你夸口，在相思时可以用别的刺激来转移注意力。现在不灵了，你的魅力真正发挥出来了，我抵抗不住，只有你回来，我把头贴在你的胸前才能解脱。我历来不敬鬼神，嘲弄上帝。但是这个虚无缥缈的上帝能使我在一夜辗转，刚刚睁开眼睛，就看到花儿一样美丽纯洁的爱人在深情地注视着我，并立即投入我的怀抱，我立刻就信上帝，并且虔诚地每天祷告三次，当

然祷词只有一句:"上帝,您是我们爱情的仆人,谢谢您,继续努力!"

　　亲爱的,阿姨对我很好。我常和她在一起聊聊家常。伯伯也很喜欢我,鹏鹏对我也不错。今天和老刘偕鹏鹏及我弟弟到云龙湖游泳。玩得挺痛快,只是看见湖面上恋人成双划着游艇,想到你,亲爱的,心情不禁为之踏然。我已和我弟弟商量妥了,待你回来,我们和他们一起泛舟在龙湖,也不尖为美事一桩。正好鹏鹏也考完试了,和淑芊姐一同游玩。游完泳在大提晒太阳,看着自己棒棒的身体,隆起的肌肉,为得不到你的赞赏、爱抚而叹息。我的心上人,我身上每一个细胞都在期待着你的温柔、你的爱抚。晚上,老刘偕淑芊姐到我家来玩,和我爸爸谈得很好,淑芊姐也不太拘束了。伯伯老是想着自己娇贵的二姑娘端午节有没有吃上粽子,我劝了他。伯伯是有点偏爱你,看来阿姨可能偏爱我,我想由于你的努力,我也会成为宠儿的。小亲亲,让我用长长的甜吻来谢谢你。

估计接到我的信时,你就要考试了。这里再把上帝借来用一会儿,"上帝保佑你",让他在冥冥中保佑你学业成绩优良。而我,你的爱人,则在生气勃勃的人间衷心地希望你沉着、镇定、大胆而有信心地迎接考试。用你优异的成绩向世人宣告,共和国的新一代的演员的高尚禀赋和横溢的才华。我的宝宝,你会成功的。

　　我的心肝,上海气候炎热,又由于梅雨季节空气湿度大,会使人不舒服的。你习惯吗?现在睡觉、饮食、心情如何? 特别是你学的残掌摆了没有?

　　亲爱的,你什么时候回来,还要我等多久。我非常非常地想念你。渴望你早日载誉回来与我欢聚。

　　允许我把头埋在你丰满的胸前获得你的爱抚!

你忠实的峰毅

1981年6月22日

1981年6月29日

亲爱的芳芳:

亲爱的,非常想念你。戒烟后出现的"尼古丁饥饿"现象和突然晚上没有事的茫然,使我烦躁异常,我不知该干什么,不知怎么打发突然涌出来的这么多时间。我久久地折磨自己,看书、听音乐等等,都没有效果。只是在祈求爱神时,烦躁的心才在爱的冥想中平静下来。精神亢奋和肌体极度疲乏才在爱的催眠曲中统一。我感觉我瘫在床上,一觉沉稳,不觉天晓。天亮后洗了一天衣服,有个事干就比没有事干强。我的情绪迅速平衡下来。现在决定,每天晚上照样学习,把学过的功课复习一遍,然后把下学期的课预习一下。这样一来,气定神闲,事事都显得利落了。神满气足,又止不住地想起你来。晚上十一点半爸爸

132

回来，看到了你给我做的裤子，我高兴得手舞足蹈，感觉你和这条裤子一起回来了，然而感觉和现实毕竟是两回事。我问爸爸你们的情况，他也说不出个所以然，还是妈妈说了些你的情况。听妈妈说你们可能七月十号放假，心里很是起伏不定。一会儿想你提前回来了，一会儿想又推迟了日期，离情最苦。亲爱的，我整天都忧忧愁愁的，这个感觉只有你回来后才有的，现在却提前来了。你考试完了没有，彩排了没有，上海现在天气热不热？亳州这几天倒是挺凉快的，你那边是不是潮热得很？我真希望你这些尽快地结束，你快一点儿回来，回到我的怀抱，也可能我有点自私，不过我确实是想你、念你、盼你、等你啊。

你给帝帝买的书包，帝帝高兴极了。一大早爬起来就换书包，"鸟枪换炮"条件变好，精神大振，爸爸、妈妈都很高兴。

做的裤子很合体，长度也合适，穿起来挺好的。宝宝，时间这么紧，你还想着给我做衣服，长坏你了

133

吧。让我用热烈的吻来感谢你。用轻轻地咬来酬谢你。

我看信太粗了，竟没能看出小杨之事是团里不批，故而发了一通以学校为对象的议论，无的放矢，来气，贻笑大方。亲爱的，团里不批，小杨可以回去直接写证明，无须什么申请。《中华人民共和国婚姻法》规定年满二十岁的即可申请登记结婚，单位只是证明女子到了登记年龄，别的没有什么手续，无所谓申请不申请。如团里借口学习不可结婚，可把学校不问插班生的婚事作为理由，团里没有理由认为谁应该结婚，谁不应该结婚，也没有这个权力，仅仅是出个年龄和工作单位的证明，而不是它批准结婚，单位已被新婚姻法置于证明人的地位，而不是什么权力机关。如果它不给出证明，可以质问原因，如年龄符合登记标准不开证明就是违法。当然在处理时要避免搞僵，但要理直气壮，不需要打什么结婚申请报告。如果我校不管这事，剧团又管的哪一路呢？让小杨回去开个证明就是了，证明符合结婚条件、婚姻法即可。

134

亲爱的，你什么时候回来，快给我一个信儿。我真的撑不住了。我有时候幻想，这个星期天你就会回来，这样想就没有完，一定要等这个星期天过去了，你没有回来才算罢了，再去做另一个甜美的梦。我生气了，真想让这一切都去见鬼，都见鬼去吧！我只要你，亲爱的，只有你！我想你！苍天在上，这苦情怎么得了。你这个鬼丫头，我现在是一股股地急火烧心，急于想叫，想跳舞、想碰墙、想皮肉受苦，只是不想死，我死了就见不到你。另外鲁迅先生向来都视，以为"哎哟哟，我要死了"是神经衰弱症。因而宁愿以头触"不周山"①，不愿作儿女情长之纤语。如有空速来信，什么时候回来也并告知，如面临大忙时，尚不需复信。

---

　　① "不周山"是古代汉族神话传说中的山名，最早见于《山海经·大荒西经》："西北海之外，大荒之隅，有山而不合，名曰不周。"据王逸注《离骚》，高周注《淮南子·道原训》均考不周山在昆仑山西北。相传不周山是人界唯一能够到达天界的路径，但不周山终年寒冷，长年飘雪，非凡夫俗子所能徒步到达。不周山具体在哪里有多种说法，最常见的说法是帕米尔高原。

热烈地吻你,我要咬你这个大坏丫头!

你忠实的峰毅

1981年6月29日晨12时

1981年7月5日

亲爱的芳芳：

　　亲爱的，今天是星期六，明知道不会有你的信或其他什么好消息的，但我仍然坚持着自己的好梦。现在已经12点了，已是7月5日了。亲爱的，我要和你说说话，我要起码在精神上、想象上和你在一起。亲爱的，只要我们在一起，就是想象的也罢，我们紧紧地拥抱，热烈地吻是不可避免的。尽管这些都是热昏的胡话，但它可以稍稍安慰一下一颗焦躁的心。亲爱的，你回来的日子指日可待，但日子却倍加难捱。闻鸡而起，盼日西落，苦捱时光。这个星期天无法享受你回来那种惊喜欢悦的心情，愿上帝在下个星期把你送来。晚上看电视，得知明天江南大热，温度高达35℃~38℃，叫我心惊胆战。这鬼天气，热死人，你还

137

要练功,可怎么受得了。但愿学校领导开恩让你们少练一点儿或干脆放假。

亲爱的,结婚一事,虽然我以为是件很自然的事,但由于结婚后会面临一系列问题,这是每对恋人要经过的必不可少的阶段。这一系列现实问题都是课题,要妥善处理需要有高超的技巧和高尚的情操,其中最重要的是应当有所准备。但很遗憾,热恋中的男女,向来是不屑一顾这些小事的,以为两人之间的爱情就是以克服一切困难,从而走向幸福。然而陷入纯粹的爱河中,为爱而爱,为爱而生活,爱情至上,从来都是一条死路。爱情的力量解决不了家庭琐事的束缚和社会习俗的桎梏。只有在爱情里注入了对未来的憧憬和强烈的追求,使爱情生活服从于一个伟大的双方共同的目的,爱情才会永远常青,散发出初恋时的迷人魅力。鲁迅的小说《伤逝》①,就描写了个

---

① 《伤逝》*是鲁迅写的一篇爱情题材的小说,写的是涓生与子君对恋爱与婚姻自由的追求,这追求最初已经获得成功,但终于还是失败了,其根本原因是由于社会的迫害。

性解放，自由结合的一对青年的悲剧，其后因出于为爱而生活，以致迷失方向，而津津于琐事，失去相爱的基础——他们本来是在反抗黑暗社会这一点上相爱的——"爱"就成为桎梏，成为无法忍受的庸俗的卿卿我我的小资产阶级哀怨之情。话是这么说，我们还是不止一次地想象和描绘过未来的日子，多少涉及现实。可以说在面临结婚时，我们是一点儿准备也没有，未来的生活是个谜，将会怎样是没有把握的，于是你有点惧怕，我也有点惶惶。但是人对未知的领域既有一种莫名的恐惧（美国作家麦尔维而曾说过"无知乃是恐惧之母"），也有一种好奇，一种无论如何要试一试，或自己创造一种新生活的强烈欲望，并且自信自己和自己的爱人能够妥善处理好一切家庭琐事，有能力组织家庭过自己的日子，并走向幸福。我们虽然在具体问题上毫无准备，但在总的指导思想上是有很充分的准备的。我们爱情的基础是尊重双方，互相支持对方的事业；我们性爱的基础是和谐

139

欢悦而避免粗暴只图自己痛快的事情;我们家庭生活的基础是不在金钱上吵架怄气,不在琐事上纠缠不清,双方民主,取长补短。这样看来,我们是应该充满信心地手挽着手走向新生活,就凭这些原则,我们将能克服一切困难,而始终保持爱情的青春。我们的生活将始终是幸福而愉快的。我相信,亲爱的芳,你会和我一起满怀信心地接受结婚、夫妻生活的新挑战的。

妈妈已托人买落地灯了,不要叫你姐姐再托人买了。我们的电扇虽然便宜、式样不太美观,但我已和妈妈说好,宁多花二十多元也要买一个比较漂亮的。沙发已打好送来,金色的一对一百二十元钱(拖修厂出品),式样还可以,等你回来看是否要。记得伯伯许给你三百元钱做家具,已先交给我二百元。我准备先付沙发款,家具加工费以后再说。总括起来,大约也就是三百元钱,我告诉你的这些事就不要告诉你们家了,待你回来再说。

亲爱的,想起临别前你赌气发誓要吃药,所以写信就没有问你,现在眼看归期又至,我不免有点担心起来。你吃药了吗?吃的是哪一种?来信告知。亲爱的,已是凌晨一时半,忍痛分手。

我的小宝宝,极其热烈地吻你。

你忠实的峰毅

1981年7月5日

*《伤逝》剧照

玫瑰色的爱：激情

1981年7月7日

亲爱的芳芳：

我的小宝贝，让我轻轻地抱住你，用我干燥火热的吻把你伤心的泪水吻干。看到你被烦恼扰得泣不成声，心里十分痛苦。亲爱的，我恨通信这种方式，我恨信，恨这些方块文字，它们表达不了我们双方的感情的十分之一。在你伤心难过时，使我不能像真正的恋人那样，替你分忧，用难以言传的神态使你破涕为笑，或者毋宁说，让你在你心上的小哥哥宽阔的胸膛上诉说幽怨，发泄忧思，得到男性特有的爱抚，得到安慰和力量。亲爱的，如果在你伤心时，我能神奇地出现在你面前，使我们沉浸在甜蜜的爱中，我想会使你轻松一些的。我的小心肝，你夜梦落泪、枕旁无人，偏有我在卿侧，则又当别论，试想在你惊醒时，发现

142

我正深情地注视你，轻轻地抱着你，抚摸着你的脸颊、头发、柔软的躯体，你是不是一定会用力抱住我，把头贴在我胸前，倾听我勃勃有力的心脏有节奏地跳动，从爱中获得向前的勇气呢？亲爱的，说一千道一万，只要我们能相聚，那一切烦恼、人世的艰辛，都会在我们极其强烈的爱情面前丧失自己存在的理由。真的，在我十分困难时，想到我有一个志同道合的爱侣，就勇气倍增。我相信你，我的心上人，也会获得勇气的！小亲亲，再发生夜里惊醒之事，就想象我正在尽最大的努力来传达我的爱情，在理解、爱抚你，这样你就会好过一点儿了。这都是分别造成的，欢聚会解决这些问题的。屈指数来，离你回毫又近了几天。人们常说"光阴似箭"，故有"一寸光阴一寸金"之说，然而此刻，时间仿佛不动了，我们的感情像个黑洞似的，使时间凝固了。近来，卿无处不在，无时不在，伴我行走，随我喜怒哀乐。卿意不畅，思恋之情更加缠绵，果然是"剪不断，理还乱"。我的爱人，飞来

143

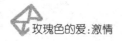

吧,我张开双臂迎接扑来的爱人,快飞回来吧!

好姑娘,我学习有个体会:刚接触的东西,特别容易忘掉,怎么都记不住。我注意地分析自己在学习中记性好或不好的现象,发现了一个有趣的规律:凡是别人极口称赞我记忆力好的地方,正是我反复学习、在脑子里千百次乃至上万次出现的东西;反之,仅仅在脑子里出现几次的东西,不管我多想记住它,但它总是悄无声息地飞走了。一些学习勤奋、事业上有建树的人,都深得其理。德国工人哲学家狄慈根说"重复是成功之母"。我记忆里模糊地记得有几位大文学家说过类似的话。你刚接触花旦戏,在打基础时,练功时,肯定会记不住,特别是学习进展不快的问题,势必影响情绪。但不要紧,像一切问题都有合理的答案一样。这个学习时记不住,挂一漏万的现象,只有反复熟练,重复多次才能比较好地掌握——记住了,并能很好地模仿。你有一颗敏感的心,"好胜的人"学习上出现上述现象,肯定情绪不好,想想我说的，我想会有一点儿作用的，因为这是学习的一个较普遍的规律。

　　亲爱的，读着你和同学们关系的叙述，思想默默地飞向我的经历。在我来到人间的25个年头，有屈辱、有得意、有挫折、有进步。然而像你所面临的情况，我却没有碰到过。我是一个自我中心感颇强的人，在我周围一般是有一批爱慕者，又有一批反对者，因我处世的一般方略是，这些崇敬者在我指导下活动，我用自己品质、道义上的力量，逐渐把对立面瓦解，使我周围的人越来越多，而摈弃极个别人，对其不屑一顾。说老实话，我也不知怎么搞的，特别善于抓住别人，把握住他们的心理，使他们和我一道走。因此，我一般扮演组织者、智者、师长、好朋友的角色。不错，我在"文化大革命"期间曾长期被人冷落，受人嘲讽、歧视，但我没有自叹过身世悲惨，其实那时不懂。我只知道，我要不被人歧视，我要争取到和别人一样的平等权利。一度我曾自卑过，但不久就

恢复了自信心。亲爱的,要相信自己是一个强有力的人。当然不是那种必霸道无赖逞强的人,这种人事实上是软弱的,而是坚信自己是有能力克服一切困难、一切阻力而走向未来的人。

老师对你有偏爱,你成绩较好,小人妒忌,原不足为奇,问题是你怎样处理这个复杂的关系。我想只有主动地接触她们,使她们感觉到你对未来的自信心,感到你宽阔的胸怀,她们自然会被正义的力量慑服。小宝贝,千万不要再有必前的发动反攻的事。从学习角度考虑,关系搞僵了,是要影响学习的,甚至可能影响身体。我想如果你能用非常文雅的方式表示自己的魅力,使别人不敢欺负你,再能更大度地帮助关怀反对自己的人,我想关系是会缓和的。你的"有本事舞台上见"的想法非常好,比不原谅别人的想法好。要知道这些人摆脱不了狭隘的观念,正是他们的可悲之处,我们难道要倒退,把自己的水平降到和她们一样吗? 但既要竞争,又要关怀别人,甚至要有不怕别人超过自己的勇气。不过，话又说回来，这些丫头扯老婆子舌头，也太没出息。我曾说过，你能超脱这些数事，你就会有所成就的。为了自己的事也甘愿吃苦，吃尽人间的一切苦，这些人的讥讽就是好笑的了。你已经超脱了这些事，但还需把自己变成"男性"，在事业上变成"男性"。亲爱的，你肯定会为了我不惜吃一切苦头的，你是那样地爱着我，任何人也阻挡不住你的爱、你追求幸福生活的努力。同样，你也应把那些人理解为事业上的阻力，她们也阻挡不了你的前进，而化被动为动力，就是你"人生几搏"的问题。总之要用"柔"来解决问题。我理解在事业上冒尖在我们这个社会会碰到什么事情，成功的喜悦的另一面是嫉妒者的怨恨。这是事物的两面，不可缺一的。

　　亲爱的，我里千万不要再哭了啊。我一想起你伤心落泪，心里就一阵阵发酸。作为一个男子汉，自己心爱的姑娘这样伤心，而又不能亲自给予精神的慰

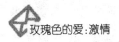

蓉,心里能不发酸吗?

今天到你家去报喜,果然全家欢乐,硬留我吃饭,和伯伯阿姨谈得很融洽,可以看出伯伯越来越喜欢我了。

阿姨、伯伯身体颇佳。在我谈到我心爱的小姑娘想家了,伯伯大声说"我们更想",阿姨用另外的方式表示了同样的看法。可不是吗,他们正在用豆腐皮卷起一个一个的小卷,据说这是你爱吃的。淑苹姐一切恢复了,气色蛮好。鹏鹏一切正常,只是处在考前,不过竞技状态很好。自然我鼓励了他一番。

我爸爸、妈妈讲,他们无时无刻不在想着你,我都有点妒忌你了。你姥家里的大公鸡留着待你回来杀给你吃,还有一缸鳝鱼,等等。

磁带我还未借到,借到就给你寄去。

把你的剧照寄来,唉,好芳芳,我现在一闭眼就恍惚在抱着你,我们沉没在爱的海洋中,可是你要到20几号才能回来,我被折磨得快受不了。真想你,小

148

1981年

亲亲。热烈地吻你！

你忠实的峰毅

1981年7月7日凌晨

小宝贝，还有事告你。阿姨给我做了一个田径裤头，110厘米，而你的小哥哥穿95厘米的，试穿一看，唷，像穿了超短裤。你看你妈也犯了估计的错误。这下子你更体会到老两口对我的喜爱了吧。告诉你吧，我现在是你们家名副其实的"娇客"。我的小姑娘，小什么呢，真是无法表述此时的汹涌情感。只有我们紧紧抱在一起，互相爱抚，深长甜香的吻，我把吻送往你乳峰中间，并把头贴在那儿，用尽全力抱着你时，才会有此时的情感。啊，我的好姑娘，我想你啊！

好芳芳，我这时想你想得那个难受劲，使我热泪盈眶，只觉得一股一股情感强烈地撞击着我的心，使我窒息。给我写信，亲爱的，写信来……

149

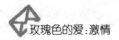

1981年7月10日

亲爱的芳芳:

　　你这个小鬼丫头,心情一愉快马上就抱怨我。让我抱着你,用我的吻封住你的小嘴,看你还抱怨我不。小鬼头,你回来一天不吻我几百次,我可饶不了你。

　　表演知识考得不错,这在意料之中。事实说明,有时你设想,想象自己是一个形象,实际上却不是。你不也会口若悬河,滔滔不绝吗? 不要自己给自己套上枷锁,画地为牢。看来你对自己也缺乏正确的了解,尤其缺乏对人具有的巨大潜力的了解。你改花旦戏,人未实践,先给自己定了调子。性格不合,好像聪明、伶俐、活泼的小姑娘和你没有关系似的。瞧你说的,老声老气。你不要忘了你也是一个聪明、伶俐、活

150

泼的小姑娘。你的性格未必距离角色甚远，没有实践你怎么知道自己不行呢？自己给自己拆台，你不能说"我感觉不行"，因为事物的发展迫使人们不但要感觉，从主观上感觉，而且为了证明这个感觉要在行动中不带任何感觉地试试，要毫无思想负担地试试，不要作茧自缚。我不相信你不能演好这个角色。我认为，一个善良的人，是会体会出剧中人活泼的情感的。我看你说的小汪、小伟距离人物近的说法，不见得对。她们的活泼免不了流于油滑，而你要体会出活泼来，提一个活鲜鲜的聪明、伶俐、活泼的小姑娘，要多想象别人是怎样理解活泼的小姑娘的，在生活中活泼的小姑娘有什么动作，某些特定的心理活动是通过什么动作表现出来，这些动作又怎样通过京剧特殊的技功表现出来，又要坚决地抛弃认为自己性格不合剧中角色性格的想法。这样你学戏或许能受益快点。

　　小亲亲，怨恨我的时候无意露马脚了吧，只是

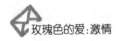

"我们俩谁瘦得厉害"一句,就告诉我,你这个小丫头瘦了。好姑娘,为什么瞒我呢?你千万要注意身体。你要不瘦,自当认罚。但有一个条件,你吻我一下,我打自己一下,也不行,我就不打。

小爱人,你放心。我不是自私的人,不会让你牺牲练功时间来陪我。只是在你闲暇之时,我们在一起,你多吻我几次,多抚摸我几次,多拥抱我几次,心意也就满足了。实际上,亲爱的,你只要能有时间和我在一起,我就满足了。话又说回来,小宝宝,你准备用什么行动补偿80天分别的损失呢?你想我,我也想你,你一闭上眼时就看到我,我也如此。在星光灿烂之夜,和你在梦里也是几度欢会,醒来身边无人,调怅不已,更添悉思。我的爱人,我们要今生今世永远地爱下去。

我不相信在阿姨那儿你的状子能赢,你要处处赢?我不信她不向着我。你这两天表现不错,我一想你,你就来一封信。你知道你来信我多高兴吗?好芳号，如果时间许可，就一直这样，一直到你马上回亳。我现在天天在想，在车站广场你叫着我的名字，娇嗔地扑到我怀抱，我们……

我真高兴小杨和小马"关系正常化"，愿天下有情人终成眷属，祝愿也。告诉小杨不要客气，我说贺她获得了爱情，事实上她应该谢自己，是自己努力的结果。

鹏鹏今天考了语文、化学，考得不错。鹏鹏信心颇足。今天晚上，我专门去陪鹏鹏，鼓劲。鹏鹏今年肯定能考上，他准备考完试尽情地和我玩呢。我发觉他认为我很神秘。磁带借到，但没有人去沪，只好寄给你。

亲爱的，我是那样地盼望看到你的照片，怎么还没有洗好？

我现在到了无话可说的地步了，就是人间一切语言都无法表达我的情感。亲爱的，在这刻骨铭心的最后十几天的分别中，让我们的精神超越时空，把我

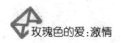

玫瑰色的爱：激情

们的形体联系在一起,深深地拥抱,热烈地接吻。

亲爱的,我的心都快碎了!

你忠实的峰毅

1981年7月10日

小宝宝夜里可不要再伤心了。

1981年7月17日

亲爱的芳芳：

　　我的小宝宝，这可能是最后一封信了。本来不想再写信了，你好像就要从千里之外飞回来了。可是，亲爱的，这两天我什么都不能干了，只是呆呆地在想着你。我的小宝宝，以前通信说什么接吻，拥抱了，到现在我才知道那是纯粹的废话，只不过为了表达自己的感情，自己欺骗自己。然而在我发疯样地想着你时，这股郁结的苦情，唯有这些废话才能表达。亲爱的，亲亲我的面颊，吻吻我的唇吧！我的希望，我的理智抵抗不住这爱的激情。我想哭，是的，写着信泪水就湿润了眼睛。我一个小时一个小时地熬，总算熬到17日了，我的上帝，还有多长时间才能闻到你的发香，少妇的芳香？我外表冷冰冰的，内心异常烦躁。对

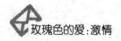

一切事物我都厌烦，人世的喧闹，使我愤怒。只有在冥想中面对你美丽的形象时，才能好一点儿。不过幻影中的你消失了，我就更讨厌这一切了。我茶饭无心，生活毫无节律，往往毫无道理地拼命折磨自己，不瞒你，我的爱人。前天称了称体重，可怜只剩下125斤，比五一节整整下降了11斤，比两星期前下降三五斤。我向妈妈诉苦，妈妈说待你回来我体重就会增加。你再不回来，我非瘦成猴不可。我的心，你看到我又黑又瘦的样子，肯定会责怪我不注意调理。不是我不想调理，而是没有办法呀。

这几天脑子里翻江倒海似的，往日我们的事情一幕幕地重新出现。那些令人心醉的细节，使人局促得出汗的场面，就像刚刚发生的事情一样清晰。我回忆着这幸福的时光，品尝着相思的苦果。

鹏鹏对我很信任，对我讲了不少心里话。我把他当作一个成年人来对待，使他很高兴。他到党校玩了两天，同榻住了一晚，畅谈至深夜。我不由自主地把苦情用委婉的方式表达出来,间或谈到人生、理想、前途。

阿姨给我做的田径鞋头,已经穿上身了。心里是很感激的。岳母还真喜欢我呢。

估计你接到这封信已是19日左右,不可能给我回信了。我的小宝宝,回来时拍个电报给我,不管怎样,我都要去接你。电报文很简单,仅仅几个字,"接×××次芳"即可。别忘了,小宝宝。

19号你彩排,预祝你成功。

彩排不论结果如何,总是要总结的。总结时态度要和蔼,表现要谦虚。实事求是地把自己的收获和不足总结出来。在评比时,风格要高。别人不评自己也不要懊恼,不要争,不要卷入互相攻击。即使是有些人故意和你作对,有意欺负你,你也要宽容地笑笑算完,超出她们的狭隘的世界,一定要在人格方面超出她们,远远地超出她们。话又说回来,即使不评你,你表现那么好,也会使老师同情你,也为和大多数同学

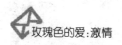

友好相处奠下了深厚的基础。

　　亲爱的,有一事提醒你,我们家你不要买任何东西。为了减轻你路上的负担,我已经向爸爸妈妈讲过已提醒你不要买东西。相反,你们家,特别是鹏鹏要买点东西,犒劳一下,叔华姐那个事已过去许久,从另外的角度考虑你的礼物吧。这一切你都有打算,我多虑了。

　　亲爱的,别忘了我的嘱咐,抱着你,吻吻我吧!

　　把《小说月报》带回来!

你忠心的受苦的峰毅

1981年7月17日

1981年9月4日

峰毅：

　　亲爱的，你好！非常想念你。

　　一日下午二时我与同学数人平安抵达上海。这次就数我带的东西最少，他们都用惊讶的口气询问。从车站到学校的途中，对于我们来说相当艰难，大家都发扬了互相帮助的精神。我是首次帮别人拿东西，他们真是感激得不得了。小郑同志当晚八点多钟送来梨和其他东西。他是趁领导开会的时间来我处，时间紧迫，匆忙离去。我将梨子分别送给几位老师，也给同学们尝尝亳州的特产。次日带点梨子到蓓欣家，他现已调到外事基建局（当时我没太听清楚，可能是这个单位）。他对我非常热情，问我学习中有什么困难，如有他可以帮我解决。

星期三开始了紧张的学习,四十天闲散的日子已结束。现已入轨,可跑野了的心暂时还无法适应,也许一星期后才会有所收敛。

来校头一天,小陆对我表示友好态度,给我削了一个水果。当时我不乐意接受,她说:其他人不晓情,只有你才深知其中含意。既然她深感歉意,我还有什么理由执拗不理她呢。现在我与其他同学关系都很好,请放心。

正如你所料,小石对我的行动大为惊讶,激动万分。对你和叔叔阿姨真是赞不绝口。无形中我与小周、小石的关系似乎更进一步。人与人的思想境界和水平深浅不等。此时想起舟莹,我和她有一个共同之处,就是需要精神爱抚,轻视物质利益。由于思想上的不和谐,即使再丰厚的物品,也难以填平无形的鸿沟,那么会要以加倍的东西偿还。

看来事实印证了叔叔的说法,思念之情缭绕不散。睡梦中仿佛你就在我身旁,时而听见小希希在呼唤我。我的情绪有时不免流露出来。小杨是个细心人，很知情地陪我到公园散散心。可能过些天学习一紧张，自然而然地就会好多了。

十一学校有演出任务：其一庆祝国庆，其二戏校改为学院作为建院演出，你来沪就能看到同学们精彩的表演了。

暑假期间，叔叔、阿姨和小慧为我忙个不休。每日陪至深夜才能入睡，很是过意不去。请代我向他们问好。

不知鹏鹏的通知到了没有？几时动身？悄悄地告诉他，最好能到我这儿玩玩。不要勉强，看情况。如能来提前通知我一声。

你现在一切都好吗？念念

非常想念你，吻你！

芳

1981年9月4日

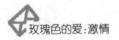

1981年9月7日

峰毅:

　　亲爱的,近日来我的情绪一直漂浮不定。理智上不允许这样,但感情是压抑不住的。我以前非常自信自己的克制能力,如今已被爱的力量折服,丧失了自制力。我们爱得是那样深,我们是世界上最幸福的。正当我们沉浸在甜蜜的吻和热烈的拥抱中,无情的时间竟是这样不理解,毫无感情地将幸福的一对分开了。假期后几天,我处在既高兴又痛苦,极为矛盾的心理状态之中,情绪时乐时悲。我的生活起了深刻的变化,亲爱的,你给我带来幸福,你是我生活中不可缺少的。你真好,是的,是个非常好的人。剧团的个别同志都很"关切"地问起你如何,首先是貌相,其次是人品、水平。见过你的人已替我答复:就长相似乎不如小刘，但从知识水平及人品来说一般人是不能相比的。我耻笑他们有的人只看到漂亮的外壳，一些虚无的东西，风华正茂的妙龄，在事业上没有进取心，等闲视之。骄傲地说，我在事业及生活上都引得众人的羡慕，甚至嫉妒。他们只看到我的成长，可哪里知道，我花费了多少脑力和体力劳动，付出了一定的代价。尽管我是个多灾多难的人，可上帝总是将硕果赠献与我。亲爱的，让他们嫉妒我们吧。唯有我们生活得最快乐。

　　亲爱的，请原谅我的不懂事，在你情绪低落时增添苦闷。如果我能设身处地地替你着想，也不会有几次怄气，也许当时我心情不好，需要某种刺激，不过我感觉这是比较有趣味的。这样只有往好里发展，使我们的感情越来越深。可能我这个人是很自私的，从不为他人着想，只有求得别人的照顾。不过我感觉现在已慢慢地突破了。当你有时提的某种要求，照我原来是不能答应满足你的，因为现在我根本不需要。这

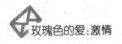

种需要对我来说为时过早。当看到你因工作未办好，情绪欠佳，我只好妥协，以此解脱你忧闷的情绪。如果我能在你困难之时给你带来幸福使你愉快，那是我最大的宽慰，尽管恐惧笼罩着我，为了你的幸福，可以牺牲我的一切。但这是有前提的，上学期间你不要强求我。

不知你开始工作否？如果还未办好，请不要急躁，耐心等待，上帝会保佑好人的。心情不好时千万不要对小希希发火。条件许可的话，我尽量多给你写信。你要学得含蓄点，把隐痛深深地藏在心里，向其他人或比你小的人发泄是无能的表现。如果我知道你干了愚蠢的事，我可对你不客气。

你到了新的单位，切记住对师长要恭敬，要有选择地发表议论。对领导、长辈要持着老实、谦虚好学的态度，不要有半点的狂妄自大。与年龄相仿的同事之间可以显示一下你独特的才能，但也要有分寸。对什么事不要过早地下结论。我看你有点像《希腊棺材之谜》①中侦探的儿子艾勒，你不妨抽空看一看，从中吸取教训。

这个星期是复习，下星期就要进入新课堂，一学期学两出戏，任务比较重。空余时间不太多，我是很想多给你去信。但事实上不允许这样，因此你也不要抱太大的希望。

急切想得知你的近况。

芳

198年9月7日

别忘了帮王老师买狗皮褥子！

价格无局限。钱什么时候给你？

---

① 《希腊棺材之谜》是美国著名作家埃勒里·奎因(Ellery Queen)的推理小说。埃勒里·奎因是曼弗里德·班宁顿·李(1905—1971年)和弗雷德里克·丹奈(1905—1982年)这对表兄弟合用的笔名，他们堪称侦探推理小说史上承前启后的经典作家，开创了合作撰写推理小说成功的先例。在《希腊棺材之谜》这本小说中，一位著名艺术商去世，遗嘱却离奇失踪。埃勒里·奎因介入调查，发现其背后蕴藏着更大的阴谋……

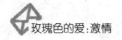

1981年9月14日

峰毅:

亲爱的,我现在无时无刻不在想念着你。糟糕,你瞧我,刚来几天,就盼着假期到来。不过,只是在闲下无事想想罢了。我现在最怕过星期日,感到异常的寂寞。小杨每逢星期六下午下了课便到小马家,一直到星期天晚上才回来。看到她满怀喜悦地离去,我心里真有说不出的滋味。小杨这个人一点儿自控力也没有,一旦有空就滔滔不绝、兴奋地对我讲起她与小马相爱的情景。此时我与其在听她讲,不如说是在回忆我们幸福的光景。不知怎的,我总那么感觉,任何人都没有我们幸福。

八号中午一点零七分,在车站与鹏鹏相会,他将一包东西及一封信交与我。由于时间紧迫没说几句话,他就上车了。我一直担心他晕车,不过看他的神情还可以。也许是连日的兴奋,忘却了身体的不适。

得知你已到新单位正式上班,很是高兴。你现在就可将全部精力投入到工作中去。到了新的环境,你是知道应该怎样去做,我就不必多言。

汪老师要的狗皮褥子是单人的。价格多少请来信告知,顺便再把双人的价格讲一下。汪老师不计较价格,只要质量好就行。汪老师想请你看看亳州有没有婴儿垫尿布用的小油布,如有买一块。

那件衣服固然不错,但我穿太大,很遗憾了。我让给了小杨,她穿上正合适,而且非常满意。

到底送你爸爸什么东西?你想好了没有。快快给我答复,不然我要对你不客气了。

今天不知怎么搞的,胃突然痛起来,只好草草写几个字。

让我们在梦幻中相会 热烈地吻着你!

芳

1981年9月14日

167

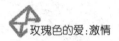

1981年9月21日

峰毅:

　　由于月经拖至今未来，我一直在忧虑和惶恐不安中度日，为此夜不能眠，上课心不在焉，担心可怕的事情降临于我，我怎么总认为会不会发生什么意外的事，可是事实竟这样在无情地折磨着我。焦虑和忧都围绕着我，也许有一天患有精神分裂症的我将会出现在你的眼前。现在一股无名怨气直往上冲，冲得我脑袋疼痛不止，尽管如此，也只有强压下去。我悔恨当初怎么认识你的，何不孑然一身为好，一辈子见不到你才好呢，你这个大坏蛋给我带来幸福还不够，非要把痛苦掷过来，你存心在折磨我，我恨死你了!!你就会花言巧语蒙骗于我，一旦事到临头也会束手无策，忏悔是解决不了问题的。瞧我多不幸。你

168

也倒霉，怎么会遇到我这个多灾多难的人。尽给你增添烦恼。快点摆脱烦恼，再寻求新的幸福吧。

十一我也不希望你来。学校有演出任务，我没时间奉陪你。

我真希望能去世外桃源，多么羡慕月宫里的嫦娥。

芳

1981年9月21日

又即：

近来心情一直欠佳，可怕的星期日又来了，好不容易度过了寂寞的一日，心里烦躁到顶点，又无法与旁人诉述苦衷。本来不想给你写信，可这股怨气如不发泄出来，唯恐将情绪带到课堂上。

我自来月经就不太正常（特别是进团练功后），有时一个月来三次，有时两个月来一次，慢慢适应后才开始正常。可是后来又因学习的上进遭到某些人的讥讽，再加上一些男生向我提出某种要求，我没有

应允,他们就到外面大肆诽谤,因有愤恨、郁忧结肠,停经长达半年之久,后经中医治疗,连服几副中药才恢复。自那以后到现在基本上正常,但偶尔也会两个月来一次(只是极少次)。即使每月来一次总要推后,少至三四天,多至十几天。上月是九号来的,现在已过十二天,不免使我担心起来。会不会是上帝翻脸无情了?天哪,多可怕,我现在终日怀着侥幸的心理。

我们不能把自己的幸福建筑在别人的痛苦之上。你有责任去解脱小蒋的忧愁,你们家之间的事我不甚了解,不可多言,总之假日中多多陪小蒋,安慰安慰他。

我现在比较注意劳逸结合,一天紧张的学习结束后和小杨到公园散散步或到商店转转。理想的尼龙短袖衫始终也没碰到。有一次碰到一件是黑色的(无锡产),颜色不太满意。我估计明年夏季会有合适的。如果上海没有,就托人到南方几个城市去购买。今天上街,给你买一条银灰色的尼龙衣裤,没有100厘米的,只好拿一条95厘米的。可能有点短,但尼龙裤松紧咸大,越穿越长。最近也没有人回亳。待有人回去带给你,现在也该穿了。

汪老师非常感谢你,她想把钱现在就寄给你。我让她别着急,等褥子给她后,再将钱寄去。你看这样如何?中秋节汪老师非请我到她家过,感情难却,也只好如此。

近来心情不好,也不想跑太远,所以就没到姥姥家去拜访。

鹏鹏给我来封信,他没时间给家里去信,我就把他的信转给父母,我也没什么事,就不给父母去信,你将鹏鹏的信交给我家里。

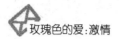

1981年10月9日

亲爱的芳芳:

　　亲爱的,星期四回家来,没有接到你的信,情绪立刻低落。再加上听妈妈讲,任鑫在外面放肆地诋毁我,侮辱我的人格,同时兼对你不满,我心里十分生气。任鑫有个朋友是护士,是妈妈那儿工作的小刘的兄弟媳妇,任鑫的话是说给这个护士听的。这个护士又说给她爱人的姐姐听,她姐姐听到是我的事,就告诉妈妈了。任鑫说你以前在这种事上都和她商量,唯独此事,谈成了才告诉她,言下之意颇为不满。我以为一个人在拿不定主意时,才去找人商量,拿定了主意,当然无须再去商量。朋友怎么能因朋友处理自己的事来打个招呼,就一直这样怀恨在心呢? 说实话,我气得难受,因为碍着你和她很好,我处在一个只能

172

挨打受辱的地位,受欺凌的地位,不但谈不上反击,连保护自己也做不到。任鑫她表面上和你很热火,但实际上到处说你的坏话。我不是破坏你们两人的关系,我是说这种人口是心非,需要谨慎点,相处时多个心眼。我不主张你们的关系发生变化,这个人心辣得很,你温柔敦厚,一旦翻脸,吃苦头的都是你。要维持这种关系,但要留神一点儿。不过,我妈妈谴责这种不够朋友的做法,认为她品质不好,并断然拒绝在我们家接待她。不过我已说服,她如果来不能采取这种做法,还要以礼相待。我们不理她,用我们今后的恩爱让她看看。这个女人因得不到男子的温情,想要报复"冷酷"的男人们,选中了你作工具(因她容貌一般),可你却避开她寻找自己的幸福,不能不使她大为恼火。我和她无冤无仇,恨至如此,上面可能是一个理由,或者是她特喜欢我,妒意大发?

　　这两点合在一起使我心情压抑,晚上我呼唤着你上了床,但一股怒气从胸中冲出,找出日记本写了

一大篇，最后又在黑暗中想了你不知多长时间，才沉沉睡去。写的东西你回来，或可博我们一笑，不和这种气量狭小的女人一般见识。

今天一上午心绪不宁，上午下了班也不知怎么回事，我就跑回来了。我的心怦怦地跳着走向信箱，看到你的信，我想哭，哭不出来，颤抖的手撕开信封，在院子里迫不及待地就读了起来。读完信，我的心被你灼热的爱融化了，那充满母性温馨的语言！里面蕴藏着多少柔性啊。我何尝不委屈难受呢？以前常常抱怨梦里你不来，现在是只要往床上一躺，你立刻就来了，那温柔的爱抚，喃喃的自语，紧紧的无言的偎依，在我整个睡梦中绵绵不断。只有想你才能入睡，只有想你才能起身。啊！我们多么痛苦啊。我们爱得多深呀。你不知我是怎样地眷恋着你。我工作你在助力，学习你在相伴，困难时你扶助，成功时你警戒。我的爱人啊！我们永远在一起，永不分离。我行动坐卧，时刻注意安全，你也要注意安全。让我们平安地迎接动人心魄的婚礼的到来。

亲爱的，不要哭了，你的苦恋使我心酸，我的宝宝，当心伤了身子。亲爱的，咬着牙忍耐一下吧，我们就要永远地在心灵和肉体上结合在一起了，人间任何力量也不能把我们分开。

我的小妹妹，演出获得好评，很高兴，继续努力，向更高的水平奋进。你的事业是我们爱的生活的一部分，失去了对你事业的支持，意味着我们爱情的基础的崩溃。我永远支持你从事自己喜爱的事业，千方百计地给你创造一个好的条件。搞事业是要吃苦的，皮肉之苦我用爱抚来解除，心里的磨难用我们的恩爱来排除。希你再奋进、再吃苦，练好本事，创造优美的形象，为民造福。急切地想看到你的剧照。亲爱的，我现在是柔肠百结，一腔深情。

章老师这样关心你，我很感动。待你回亮，那妆之事，当由你亲爱的丈夫亲手准备。每当你上演一出新戏时，我都要特别地给你准备一顿丰美的晚餐，共

贺成功。当然,每次演出都有夜餐,给你滋补。

亲爱的,和妈妈商量了一下。放假后我打算不去上海,还有最后两个月,抑制一下,让我们的新婚更愉快。我担心上海之行,又像狂风暴雨一般的爱抚,保不准又出事,就打乱了我们五年不要孩子的计划,影响你今后的前途,也影响我们婚后甜美的生活。为了使婚后生活更加幸福,更加甜蜜,更加丰富多彩,我们暂时忍耐一下吧。我知道这样你会一时半时过不来,会更加痛苦,但为了长远的幸福,我们必须做点牺牲。我建议你从下月起就服药,婚前(领了登记证后)叫妈妈带你去上环(节育环),几样措施一起用,力求不使你怀孕,让你甩掉生孩子的负担,专心致志地搞事业,尽情地享受我们爱情生活的欢乐。还有我快要期末考试了,也要抓紧复习。为了给那些小人看看,为了你,为了争口气,我一定要学出个好成绩来。另外,妈妈建议我放假这几天,把房子粉刷一新,迎接你归来。妈妈请两天假,妹妹休息几天,就行了。

结婚之事不要担心,我们不声张,静静地,可保无忧。没人知道,不会有什么影响的。你的朋友,我的朋友,一概不说。别人要抱怨,只说我爸爸目前的地位不允许搞这一套,想来他们会谅解的。我最讨厌大肆声张。

亲爱的,我们互相扶持各自的事业,你那感人肺腑的话,催我下泪,令我难忘。

阿婆又把你姐姐的事告诉我,我按照你上封信的说法一一回答照办。我妈也同意,你妈说钱不够再到她那儿取,这个再说吧。

亲爱的,现在说我疯狂地爱着你是一点儿不过分。我现在只想紧紧地抱着你,狂吻你的眼睛、红唇、乳房和一切。似乎这几句也表达不了我的感情,我要咬你,要狠,不!轻轻地咬你的如花的乳头、似玉的肢体、健美的双腿、柔润的胳膊,还有那细细的脖子、散发淡淡香味的头发,我要紧紧地抱着你,尽情地吸进你丰润的躯体散发出来的少女的芳香。

　　时间快到了，还要上班，忍痛分别。亲爱的，狠狠地爱我吧，我爱！

峰毅

1981年10月9日

1981年10月16日

峰毅：

亲爱的，我恨不得紧紧地抱着你，狠狠地咬几口。被别人认为是冷血的人，现在无法控制对她心上人的这种炽热的感情了。短暂欢快的日子，犹如梦似的一晃而过，自你带病离去，我一直焦急不安地惦念，等盼着你的消息。每当邮递员一出现，我的心脏就急剧地跳动，巴不得即刻看到那熟识的字迹，然而每次都令人失望。真懊恼透了，我恨你太不理解我的心了，都是你影响了我的情绪，甚至在上课时都没精神的。如若不是看到汇款上你的笔迹，还真以为途中出事了呢。当时我想：瞧我多傻，我凭什么这样痴情。你竟能一走了之，我也可以一年半载不给你去信，气气你。当这种念头刚出现，另一个念头就在那百般地

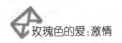

袒护你。再说,亲爱的,我也不忍这样待你呀。现在只好撤销了这个决定。

这几日忙于十五日的演出,下了课利用课余自修时间背戏,思想也不敢开小差。昨天总算是结束了演出任务,现在就要集中精力攻《水》这出戏了。这出戏技巧难度大,需要具备一定的基本功,我不但要练好技巧,还要突破自我性格,往剧本所要求的人物性格靠近。要有个概念,掌握人物心理状况,关键还要用形体动作、面部表情来揭示。我比那几位同学要难得多,首先要突破文质彬彬的性格。现在我每天都加强基功训练,在表演上先模仿老师,而后再化为己有。前几天,我把老师教的从头到尾走给小杨看,请她给我挑刺。她看完后直说比她想象中好多啦,而且已经突破了性格上的差异。当时我真高兴,看来这段时间的功夫没白练。我又给自己定了一个很低的目标,接着练。我就不相信我达不到老师的要求。我承认自己比较笨,但我认为聪明与笨不是决定成败的因素，关键是人，是否有坚定的意志，要知难而进，才能取得成功。

前几天看了日本电影《绝唱》的内容简介，又是一部由于战争造成的爱情悲剧。看完后，浮想联翩。曾记得你在沪时对我说的一番话，当时我真不知怎样才能阻止你说下去。亲爱的，我现在将身心交与你，永远都是属于你的。我绝不允许任何一个人侵犯我，我只爱你一个人，一个人。即使由于某种原因将我们俩暂时分开，我这颗心永远伴随着你。我将会像珍惜自己的眼睛一样，珍惜我们纯洁的爱情。到了万不得已的时候，我宁可逃荒要饭，也绝对不去干那种卑劣的、对不起你的事，不然要受到良心的谴责，悔恨一辈子。无论你对我怎么好，不嫌弃，那我反而会感到更不安，内心的痛苦就越强烈。因为我只属于你一个人，我是这样地爱你，别人我谁也没爱过，以后也不会，我永远也不……亲爱的，我现在无法控制自己感情的奔流，好像战争已经爆发，你就要从我怀中

181

离去。啊！这是多么痛苦的场面，你放心地去吧，我在为你祈祷，为了国家，为了人民你放心地走吧，我永远忠实于为国家，为人民争光的亲人。

你现在已是我生活中不可缺少的部分，有时我想，我俩曾经素不相识，竟能奇迹般地结合在一起，这是不以人的意志为转移，而又按着生活逻辑发生的。我与你并非只是异性的吸引，而是有共同的抱负、理想，事业上有共同的语言。从感情精神的升华到肉体上的结合，使我们的心紧紧地连在一起，血管里互流着同样的血。啊！世上唯独我们是最幸福的，现在我真想一千遍、一万遍地狂吻你。我想可能我也在发疯了吧。我为我的这种疯狂般的情绪感到惊讶！有生以来从来没有过，从来没有过的呀。

我现在无时无刻不在思念着你（是在不影响正常学习的情况下），无奈，只好借用某种行动来寄托我对你的思念，每日洗衣服，总要把你的洗脸毛巾洗一遍，然后与我的洗脸毛巾并排挂在一起，你的洗刷

1981年

用具和我的都放在一块，使我感到你每天无形的影子每时每刻都和我在一起。亲爱的，现在我们的学习工作彼此都很紧张，不要荒费这用于多学东西的时光，为了将来的幸福，现在可以委屈一下。一想到幸福即将降临于我们，真是心花怒放浑身都是勇气、力量。

上次你回亳，我没给爸爸、妈妈买东西，甚感不安，已去信解释了一番。我现已给妈妈买了一块黑底带金银线中长布料和一双拖鞋，爸爸的东西下次再说，如有人回亳便带给妈妈，你就对妈妈说是你买的，一定要这样讲，你要做出一个孝敬老人的样子。这样爸爸、妈妈会对你更好，更加喜欢你的。

你这次来，老师同学对你说法不一，凡是看到你的老师对你的印象都极好。男生认为你太文静，没有男子豪爽的样子。我暗自发笑他们没有锐眼，女生本来也是认为你沉默寡言、文静，没想到你懂得这么多，口齿伶俐，诙谐幽默，有一种奇特的吸引力。

周晓鸥非常感谢你，我已把刘霞之事对他讲，他

183

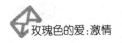

迫不及待想了解此事。他不嫌弃女方的年龄,只要人品好,其他都是次要的。赵的条件并不高,我想在姐姐探亲之前把此事弄妥,有个明确的答复,不然让赵着急空盼了。如果李对赵没有反感,那就太好了,总之得让他们都感到比较称心如意才是。

我们女生现在都挺会过日子的,保证主食吃得好的情况下,零食很少吃,各自都在积攒着钞票,我在她们的带动下,也开始控制自己,但这种强迫性总不能长久。小杨在监督我,没办法只好向家里求援。你还埋怨我不对你讲,你老是在取笑、挖苦我,当然我不会对你讲的。

巧了,化妆课的老师没来,两节课自习,正好利用这个时间伏案给你写信。你可能等苦了吧。小傻瓜,热烈地吻你!

你不要给我买东西,是不是还我的债?

芳

1981年10月16日

1981 年12月12日

峰毅：

　　亲爱的，热烈地吻你！愿上苍保佑你安全无恙抵达广州。近日来我始终沉浸在幸福之中，神经依然处在极度兴奋的状态之中。我好像感觉整个宇宙也容纳不下我的幸福，我要向大自然倾诉。我觉得生活从来没有这样美好过，这样幸福。我已经陶醉了。

　　亲爱的，你那天的答记者问非常成功，女同胞们无不敬佩你渊博的知识及谈吐风度，几乎每天都在回味，模仿你谈吐时的语气、表情和眼神。他们非常希望能经常与你交谈，从中得到更多的知识。

　　星期日，汪老师和她女儿在家整整等了我们一天，岂知你这个不懂礼貌的大君子竟枉了汪老师的一片苦心。你可以一逃了之，赔礼道歉，出头露面的

是我,你就会给我找事做,是不是给我一个锻炼的机会。

星期四上午汪丽、高苑丽、小周和小谢来我校,这些天下了课就陪同汪丽、苑丽到各商店转转。

妈妈十一号下午来我处,狗皮褥子已给汪老师,星期天妈妈带我去商店购买东西,这几天时间较紧张,为了不失约利用政治课给你写几笔,下星期再详谈。

芳

1981年12月12日

1981 年 12 月 17 日

峰毅：

我太高兴了，这次我们终于胜利了。到校后我们直奔武院长处，武院长看到我们的到来非常高兴。全校上至领导下至教师、同学没一个不为我们打抱不平的。有我校领导给我们做主，大家的腰杆更硬了。第二天，又到省文化局找局长反映情况，当然局长大人不会亲自召见，由办公室主任接待了我们。其实武院长早已给局长通了气，我校的领导和老师对我们确实是有感情的，都在尽力地帮我们的忙。亳州文化局的局长和我团的林团长第二天乘夜车赶来。此时已晚了，任凭他们去找省文化局或戏校领导也是无用的了，只好以失败告终。和校领导协商妥了，同意我们参加毕业演出，但不参加毕业的扫尾工作，二十

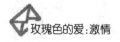

六日直接去睢宁参加团里的演出，可能给我们安排到招待所住，到涟水还不知怎么说呢，是否能让我们回家取行李。如果最近有人来沪，最好把我的换洗衣服、布拖鞋拿来。还要带什么我一时也想不起来，你看看需要拿什么，你都给我拿着。你的裤子已拿去织补，手工钱五元，只要能改好也就不要吝惜多少钱了。

我们六人每人演一出戏，让我演《华宫》。我打算在这几天里把全套《四郎探母》和《玉堂春》学完，回去就可以要求演出了。我现在可要学精点了，必要的时候就要争一下，还要有点野心，不然老是高姿态，什么都耽误了。这次领导看到我们什么也没有说，也许回团后要发泄一下，我们才不理会呢。毕业证拿到手了，谁也不怕，可能车票他们还要给报销呢，我们得意极了。这会儿杨局长大人的鼻子恐怕要气歪了，"手下的小兵竟敢如此大胆，违抗自己的命令，真真地气死我也"。

我们的结婚照二十号取，如果好的话你一定给我寄来，我都急死了。

同室的女生让我转达她们对我们的祝贺，教过我的几位老师对我可好了，都争着让我去她们家吃饭、住宿。为了方便，我还是和小杨和床，小杨自豪地说，她有幸地代替了峰毅。

我现在还要抓紧时间学戏，复习戏。如有什么情况会及时给你去信的。代问爸爸、妈妈、小荟、希希好。

热烈地吻你。

芳

1981年12月17日

科里安排我二十四号演出，如果无人来沪，也不要紧，反正到了睢宁后，让我们住招待所。我们要求回家，领导不会不同意的。

1981年12月20日

亲爱的芳芳:

接到你的信,我非常高兴。一个星期以来,虽然我反复权衡了各种利弊和力量对比,坚信我们的判断和分析是正确的,此次行动是肯定会胜利的,但由于没有确实的信息,心里也有点忐忑。随着时日的流逝,过了18号我松了一口气,断定我们胜利了。亲爱的,让我们用热烈的拥抱和狂热的吻来庆祝我们的智慧和勇气带给我们的胜利吧!

15号,剧团打电话到家里,问爸爸你在家吗?爸爸不冷不热地回敬他们,现在不是婚假吗?女儿已经出嫁等等。武团长说你们走了,已向局领导和市委的邓书记汇报了。爸爸批评了他们不让回去毕业演出的错误。剧团不敢给我爸爸打电话找你,真是小庙的神,禁不住大香火。我估计孙书记肯定是说,既然已经去了,就让他们演出后毕业回来。至此,我们的全部设想全都圆满地实现了,真是一大快事。实践证明,只要敢于斗争和善于斗争,一定会取得胜利的。车票自然要报,批评?我倒要看看他们从哪个方面说你们。你抓紧时间补补课,既把毕业演出演好,也把戏学好,该拼就拼一下,对今后大有好处。

你的东西我找人给你带去,你放心好了。我们的录音机已经卖了,准备再买一个四喇叭带一个电脑的录音机*,型号是6060,汪云新已经找到门路,估计机子好,价钱还要便宜一点儿,大约420~430元左右。我现在正拼命复习,准备考试,家里一切均好,勿念。

照片除了放大着色的双人半身相没有搞好,需明天才能拿到,其余的3张均拿回,上色不太好,我不满意,我又没时间去找他们,以后我们找人再放大着色吧。先寄3张给你看看。

在胜利时更要谨慎,请转告诸位同学,要冷静地

191

分析一下对策，不要和领导搞僵。领导肯定吃了市委的批评，你们要利用这个有利条件和领导搞好配合，用实际行动证明我们不是故意捣乱，而是不得已而为之。第一步胜利了，下一步是正确处理好和领导的关系。不要骄傲自满，不可一世，故意顶撞领导。须知，今后仍要在这些人手下工作，要给自己创造一个好的工作环境。具体地说就是服从分配，听从安排，任何事都和领导商量着办，以理服人。如车票报销等问题，即使领导发火，也要和颜悦色地和他们好好说讲道理。今天我去看望爸爸妈妈，给他们报喜。

亲爱的，新婚离别，确有点闷得慌。每晚孤灯清影，不免加快两情火热、紧紧相恋的亲情。真是一日夫妻百日恩啊！但我没有一丝一毫的儿女情长之意，男儿有志在四方，在今天此句也适用于女子，用不着卿卿我我，自我伤情。好时光还在后头，待你春节前夕归来，正好似新婚燕尔！

十分感激众师友对我们的祝贺，请你一一表示我的感谢之意。处好关系，不要断了联系，今后对你大有好处。

你的钱够不够用？不够来信，立即汇去。

亲爱的，药你是不是吃了？是否买了避孕药？你演出学习很长，我担心你忽略了。这关系到我们今后几年的欢乐生活，你要及时服药。

你日程安排很紧，我就不再写信打搅你了。你若有事，写信来告诉我。

亲爱的，我的娇妻，好好保重，认真学习，我等你凯旋。

我的小娇宝宝，愿你像我们欢悦异常之时那样紧紧地紧紧地抱着我！

你亲爱的丈夫　峰毅

1981年12月20日

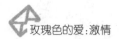

* 录音机(6060)

1981年12月31日

峰毅：

　　亲爱的，最最热烈地吻你。这几天我无时无刻不在思念着你，有时我心里也非常矛盾。想想我们新婚不久，蜜月还未度完，就这样匆匆地分开，让你独身自守在空房里，作为妻子的我好不伤心啊！说来也怪，如今我还挺喜欢出发(只是在不思念你的时候)。听说明年我团要出发五个月，订的计划是二月二十五日起至七月底，在北方，青岛、石家庄等地。全团百分之九十的人听说都连声叫苦，怨恨自己怎么干上了演员这个工作。看来赵金荣老师说得对，今后我们只能在家过个寒暑假了。要与你分别长达五个多月，我心里也不是个滋味。不过这只是初步订的计划，至于能不能实行，还要看具体安排。

195

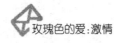

　　我和小余是六人中最后一批到睢宁，一进剧场院里，全团老师学生都起哄，问新娘子要喜糖，幸好我带了，每人给二或四块，几乎全团人都给到了。领导、老师对我都挺好的，许老师(就是她儿子结婚，我送了礼，未去吃饭的)特意下了面条，还有两个荷包蛋给我接风。几个领导也向我祝贺了一番。总之气氛是很热烈的。

　　到睢宁的第二天，领导召集我们六人开会，讲了一下领导对我们的态度是同情、谅解的，希望我能安下心来，从第一步走起，发挥作用。我们也提出了问题与建议，现在领导也开始重视起我们了，他们要好好地研究怎样妥善安排，充分发挥我们每个人的技能。

　　这次我们不辞而别，确实把全团的工作打乱了。章书记带着病连夜向局、市汇报，剧团是做不了主的，由陶书记亲自抓。不过这件事是领导的不对，那么我们就理直气壮了，团里有不少人非常嫉妒我们，说我们上了两天学脾气也长了，不服从领导，等等。

我们才不理睬他们呢，现在我们采取少说为佳，多练、多学，有本事舞台上见，用实际行动气气他们。我和小余属于安分守己、比较谨慎的，小陈与小石有时狂一点儿。有时我也说说小陈，现在他好多了。

可能是回家的第一天晚上冻着了，到睢宁头一天就开始发烧，连续数天，其病是上呼吸道感染、重感冒。这几天可苦了我了，《四郎探母》①我还要演太后，又怕咽喉发炎、嗓子沙哑，影响舞台效果，就中药、西药一大把地往嘴里吞，上帝保佑，演出完，大家连连说我的嗓子比以前好多了，音量比以往宽多了，而且表演和技巧都不错，此时提在嗓子眼里的心才算是放下来了。我有病你要负一切责任的，回去后我要狠狠地惩罚你，你要老老实实地低头认罪。

---

① 《四郎探母》，清代京剧作品。作者不可考。写辽、宋战争中，宋将杨四郎（延辉）被俘，改名木易，与辽国铁镜公主成婚。15年后，杨母佘太君率军来到雁门关。四郎得铁镜公主诓来的令箭，私往宋营探母，又连夜赶回辽邦，被辽主萧太后擒拿问斩，经铁镜公主等求情，方获宽宥。

我们今天一早来涟水,晚上就演出,以后每日演两场,演多才好呢,能多捞点外快。现在涟水的副食品也挺贵的,鸡、鸭、鱼都涨价了。反正不管怎么说回去总得给我家里买一点儿。你家就免了。

我给爸爸买了一顶鸭舌帽,蓝呢子的,五十九厘米,这是最大号码,不知爸爸戴是否合适?如果合适,那就太令人高兴了。我们还没给爸爸买过什么东西呢。其他真没有什么可买的。

你现在怎样,身体是否康复?真让人担心。你这个人从来就不知道爱护自己的身体,你如果再不重视的话,我要抗议了。

时间不早了,我要休息了。

但愿在梦中得到你的爱抚,紧紧地拥抱,热烈地吻。

我们大概十号返亳,最晚不过十二号,你就不要来接我了。

芳

1981年12月3日凌晨2时

1979 年

1980 年

1981 年

1982 年

3 月 9 日
3 月 12 日
3 月 24 日
3 月 28 日
3 月 30 日
4 月 1 日
4 月 4 日
4 月 9 日
4 月 11 日(1)
4 月 11 日(2)
4 月 15 日
4 月 18 日(1)
4 月 18 日(2)
4 月 19 日

1982年3月9日

亲爱的芳:

　　我的宝宝，你走后杳无音信，不免时而悬想。今接到你的信，心里安定下来了。

　　你可能来月经了，心里更觉轻松。这样你就不至于吃苦头了，身体也不至于受亏了。看到你不舒服，又有点黯然。你还要演出，要自我珍重。

　　你走后，我感觉可以开双车了，头几晚很是有效，不料一得意反致失常。昨晚赌气一定要翻译几篇古文，待完时起看星斗正上桅杆，万籁俱寂，人们都在香甜的梦中。收音机也不知收到的是哪儿的歌，凄婉清凉，一丝怅意油然而生。长用理智"刹车"，待心肠变刚后，甩腕看表已是凌晨1时40分，洗毕上床坦然入睡估计已两点了。睡时觉得头像个大木头，沉重

201

得很。恰好这几天正是讲课前夕，我将稿子几乎全部重新改写，每日30~40页的速度，凑在一起，就形成今日头脑昏昏沉沉，犹如木头，感觉麻胀，很是叫人气闷。然而估计一觉大觉后会好的。你不在家，我有点大意了，没有调理好。

蕙出院了，一切正常，已转达了你的问候。妈妈最近忙得很，她局里开会，忙得晚上要加班到10点多。我还好，没有发火，因为在一起的时间少，我一到家就进屋看书写字，顾不上说几句话。我不发脾气，好好的。蒂蒂还听话。我们常叨念你呢。

亲爱的，张导很欣赏你的演出，你继续努力。临行前我们互勉要努力工作学习，小宝宝，在身体许可的情况下，要奋力甚至拼命！

愿你不舒服已经逝去，亲爱的，热烈地吻你。

今天头脑不好使，累乏到极点了，我要睡了。

夫 毅

1982年3月9日

1982年3月12日

芳:

今天心急火燎地赶回家，一连声地要吃饭。然而躺在床上的妹妹，坐在床沿的妈妈都满面生辉地看着我，我不觉愕然了。笑语中原来你又来信，不觉喜上心头，小宝宝，你真是一个知冷知热的好妻子，"贤德"当之无愧矣！

闻月经颇多，如石坠地，为防不测，你就在出发在外途经繁华地，诸如石家庄等地，寻一可靠的医院，在女友的陪同下（小赵可手？）在子宫里放节育环，免去我们的许多心力呢。妈已同意我们在我毕业后要孩子。她还是心痛儿子的，看儿子屋中灯火常至凌晨，将心比心，待再来一个小调皮，精神上将不堪负担，她请我的贤妻原谅。爸爸到现在还没来信。妈

203

16日去南京开会，明确地告我，孩子以后再说。你考虑是否如建议而行，要休息三天，是否影响演出？

你此行有不负光阴之感，我心欢欣异常。以往常怕你"坐悲红颜"，没有事情做，现在我放心了。工作，只有工作才能把人所具有的潜力释放出来。小娘子，你的前程无量，正处于这种对工作的挚爱中。什么《金钱豹》①《玉堂春》等等，这么多工作压在你身上，不能不使人欢欣鼓舞，这正是实践的大好时机。更令人叹为观止的，莫过于你的激情表演，这才是性格演员的真谛，这才是由摹仿走向人物的心灵世界的康庄大道。只要这样坚持下去，不断体会，反省你平时对生活的看法，文学修养就会渗透出来，自然地体现在角色身上，特别是你的慧且刚、柔而厚的秉性会流露出来，塑造出众多的令人荡气回肠的优美形象。

工作一上了轨道，练功就是不言而喻的事，望你

---

① 京剧《金钱豹》*讲述了红梅山妖金钱豹欲强娶乡绅邓洪之女。危难中，唐僧师徒途经此地寻宿，得知其事，悟空、八戒分别化作邓女和丫环，除掉恶豹。

稳定不断地攀登高峰。

11日我讲了八小时，是我生平最得意之举，然而我估计下面的听众只知其好而不知其妙。但是我由此知道了自己，把握了自己，下面这些人只是不懂，仍少不了敬畏之心，因为他们不懂才会如此，且观点是站得住的，结构严谨，逻辑性强，一环扣一环，使他们紧张得喘不过气来。不过我也累得够呛！事实已经证明，能替学校生辉的只有我，这是大家都知道的，只是大家由于各种原因不对我说罢了，我也就这样装呆卖傻，因为事实已在，虚名就不需要了。

亲爱的，生活在外，自然比不上家里，要适应，要能过各种生活，要能好能坏。可是我还是心里有点不好受，这可能我们两人已经血肉同体了吧。

亲爱的，我现在还不敢回想我们在一起的恩爱，我恐怕回忆影响我奋力工作、学习的情绪。为了避免这种像火花一样不断闪烁的回忆，我工作、锻炼、学习、上课，安排得像旋风一样。许多人都说我比不结

婚的小伙子还生气勃勃,富有活力。我有时都担心我这股勃勃蓬发的劲头会使多情的姑娘想入非非,因为我知道姑娘们喜欢的就是这个。不过我还有一个威力无比的武器,足以使任何姑娘远遁,这就是我的眼睛,像寒冰一样的冷气逼人,会把忘情的姑娘的热情一下子凝固起来。哈!冻住了!只是我只能在心里映出你的倩影。你陪伴我上单杠、下双杠、篮球场上奔驰、乒乓球台前争雄。灯下苦思,月下低回。亲爱的,不管是狂风暴雨,不论是天涯海角,有一颗心永远和你在一起。这支歌,我爱唱的歌,你的心里荡起了它的甜美的韵律吗?这和我们此时此刻的情景是多么相像呀!

每天深夜沉重地躺下后,浑身一阵酥软,用手抚摸因锻炼隆起的肌肉,渴望你丰腴的肌肤的润抚,这有如春风拂面一样的欢愉,只好待到赤日炎炎之时了。我希望躺在你温暖的怀抱,头贴在你丰满的胸部,有如婴儿之在母怀那样安详地睡去。亲爱的,我多想那焦灼的双唇热辣辣地吻啊,那饱含多少……

矢骥

1982年3月12日晚

*《金钱豹》

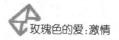

1982年3月24日

芳:

我的小宝宝，瞧你那怒气冲冲的样子。我的小鸟，我们已经有好多次经验了，每一次你发怒、委屈、伤心的时候，都是出于误会，出于你对我的误会，你对我的想象。这种现象强烈地反映出你对我的爱，你爱我爱得神魂颠倒了，唯恐我对你不好，有负你深沉的爱。我的爱妻，事实多次说明，你亲爱的丈夫从来没有而且今后也不会对你耍什么伎俩，不会故意不给你去信，不会故意冷落你，不会把你——我的女神当作附属品，更不会让丈夫的情绪左右你的情绪。亲爱的……出现不曾料想到的事情时仔细想一下，固然是女孩子特有的敏感，最主要的还是你那样地爱着我、依赖我，以致你根据你想象的我应当怎么办，

1982 年

而我又没有这么办，不考虑事情的原因就认为我不好了。这是很自然的，也是今后很长时间内避免不了的。人就是那么奇妙，越信任越是从不信任的角度考虑问题，越是无条件的爱越是从不爱的角度去考虑问题。世界就是这样组成的，人生也就是这样的。这使我想起了我们结婚时买的磁带《多美妙的世界啊》，我的心里充满了幸福之感，充满了爱。当初我坚持买这盘磁带，虽然它不好听懂，主要是名字使我陷入一种奇妙的境地，多美妙的世界啊！多好的人生啊！多美妙的爱情啊！亲爱的，你恶狠狠的爱使我沉没在幸福中……哈，你这个小鬼头。

亲爱的，你走后丈夫无日不思卿，记得坚强的丈夫因新婚的娇妻骤然远去，曾在你温暖柔润的怀中痛洒伤心泪，在你两条嫩白滑软的胳膊的缠绕中痛不欲生，我的爱人，我怎么会置心肝于不顾呢？在失去了你的那几天，惶惶不可终日，终日只盼信来，哭不得，笑不得，一片苦情。家中上下，都摸透丈夫我的

209

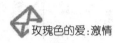

脉搏。小弟为了讨严厉的兄长的欢心,以亲身把你的信交给我,当作了不起的大事。我对卿的一片真情,有家中诸人为证。丈夫接到你自诸城首封信来,计算时日,你已离去。恐到青岛信,往返费时又将七八天,苦于无法对你倾诉衷曲,影响你的情绪,造成两地闲愁,毅然打长途电话……亲爱的,丈夫无时不在考虑妻的情绪。虽临别时声言我少去信,但爱妻你仔细看丈夫书信的日期,都是接信即回书,绝无半点儿延误。第二封信因写完已是第二天凌晨二时,早上走晚了,匆匆而去,交代妹妹一定在早上十点前发出,以赶在你离青岛前寄到。丈夫苦恼以致如斯,我的爱妻啊,这些你都不曾知晓吗?

　　我的妻啊,丈夫为了弥补你不在时造成的空虚,以为你做事为最大的满足,煞费苦心地尽量去做。丈夫不惜从仅有的生活费中拿出五元钱去给你洗照片,为的是能多看到妻的卓绝丰姿,以慰一时。要知道,丈夫一月仅十元钱的生活费,以致生活都无着落。打电话又费去二元，至今身上已分文未有，还须靠妈妈接济（你千万不要寄钱来，我有家作后盾，厚着脸皮也就过去了）。洗照片选一个取相最快的门市部，但仅仅两天，就使我像你差两天就要回来时那样，坐立不安，待取相片后才平静下来。丈夫为了给你买一双满意的皮鞋，几乎和所托之人干了起来，对策我是软硬兼施，急不可待……心情急躁异常，恨不得立时拿到手给你寄去，让你早日穿上。对了，你在下一站多长时间，能不能把鞋寄给你？儿子的情绪也影响了妈妈。你第二封信言伙食不佳，我整日念叨，妈妈买了香肠准备了给你寄去，以调剂生活。亲爱的，你在他乡，家中无时不在想着你，更不用说你亲爱的丈夫了。

亲爱的，丈夫在物质方面是不能给你什么满足的，这方面你也不需要。身体上爱抚方面，丈夫还是一个多情的好情郎，还是能够胜任丈夫的工作的。丈夫是一个热血青年，热情洋溢，温情脉脉，对爱人尊

211

重、爱护,无微不至的爱抚,体贴自己的爱妻。爱人呀,丈夫不是薄情郎,而是一个刚烈的丈夫,知冷知热的好哥哥。我的小娇妻,丈夫我是多么地爱你啊!

亲爱的,春天天气变化多端,人体易受病的侵袭。这时人们,特别是姑娘们,在厚厚的冬装束缚了一冬天后,迫不及待地想挣脱出来,向美好的春天显露自己的腰肢,轻盈的体态。我的宝宝,你要小心一点儿。演戏、练功、出外要注意穿衣,不要着了凉。出门在外,最怕生病。切记啊!这几天寒流来袭,更要注意。

亲爱的,丈夫我要紧紧地拥抱你,狂热地吻你,就像我们曾经做过的那样。亲爱的,亲爱的,我想念你呀。亲爱的,不要再生气了。噢……

你亲爱的丈夫 毅

1982年3月24日

1982年3月28日

亲爱的妻：

　　我的宝宝，我算着28号可能来信，但恰好今天加班不休息。到了11点多，就按奈不住地跑回家来，看到桌子上有你给我的来信，我心里一阵激动。为了掩饰这种颠倒的神态，我赶快溜回我们的小窝，迫不及待地拆开信。亲爱的，信中一股爱妻特有的娇媚之气扑面而来，丈夫心里有如喝了小酒一样的舒坦。亲爱的，这几天你常在梦中伴我，醒来后还是痴呆呆地尽想着你。往往回想起来越想越有味了，只是感觉很压抑，渴望你的拥抱和甜蜜的吻。亲爱的，新婚离别，不通音信是不行的。我们尽可能地多写信吧，以稳定我们的情绪，以利工作、学习。见字如面，这句话说得一点儿也不错。人不能相会之时，爱人的一点点直接的

信息也是最宝贵的，一丁点儿信息立刻就把我们丰富的爱情生活的全部内容重新展现出来，并且赋予新的内容。亲爱的，丈夫不会对妻子热恋时的蜜语有什么不舒服的。我的情况前两封信已淋漓尽致地披露给你了。今后让我们尽可能地减少分离带给我们的痛苦吧。亲爱的，我的妻啊，我想你……

妻呀，你和张导关系缓和了，很高兴。出门在外，要靠大家，有人缘就不会有处在稠人广坐却有如入荒漠之感，会体会到人类的温情、同情心、热情，体会到我们这样的社会人与人之间有人情味的关系。了解到你喊嗓儿近两小时，真想紧紧地抱住你，热热地吻你几下，慰劳慰劳你。自然，待我们再欢会时，要亲耳听听你柔美的声音，婉转的歌喉。

妻呀，妈的意思给你做一身蓝色衣服。你说是做西服呢？还是什么式样，来信告知，另外把尺寸一并告知。你说给你做一条裤子，我自己认为可以。你看呢，我的内当家？

我现在老是想我和流氓搏斗，身受重伤，你会来看望、护理我。几乎每天都有一个新的惊险故事编出来，最后总是你来看我了。我亲爱的妻，我的小娇娃，我真恨科学不发达，区区几百里就把人围住了。如果有现代化的交通工具，去看你一次不过个把小时，哪像现在要坐一天车。最近领导在找我谈，要我自己努力，更加严格地要求自己。五一还不知是个什么情况，如果放两天假还好，恐怕请假就很难启口。至于家里，总是好说的。所以你千万不要如上次登泰山那样，巴望我去，结果大失所望，闷得好几天缓不过来。你就认定我不会去，死了心，难受也就是那么一阵，就只等信了。如果上苍让我休息四天，路上两天，看你两天，正好合适。

　　我最近因终日思念你，工作情绪有点消沉，学习也学不下去。现在我要振奋起来，鼓一把劲，拼一下，以优异的成绩来迎接你，我亲爱的妻子。我的小宝贝，我已经不知多少次地想你车站相接，惊喜万分，

215

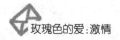

激情澎湃,热情拥抱,畅诉衷肠,化入对方的场景了。唉!不能想,一想就醉了,笔都拿不动了。罢了,罢了,亲爱的,紧紧紧紧地抱你,热烈地吻你。妻呀,丈夫就此停笔。妻呀,保重哇。

你亲爱的丈夫　毅

1982年3月28日

1982年3月30日

芳：

　　我亲爱的宝宝，拆开你的信，丈夫都要晕过去了。你那烈火一样的爱，惹得我心喜欲狂。我的妻呀，我们热恋时也没有这种如醉如痴的感觉。那时虽也狂热，也焦灼，但像现在这样柔肠百回，微妙缠绵却不曾有过。那时恐怕是没有血肉交融，化为一体吧！虽然也不时偷情，但总没有现在这样誓同生死，愿共尘灰。人们常常跟着一些小说家说"婚姻是爱情的坟墓"。我们的婚姻，不但没有埋葬炽热的爱情，反而像吹火筒一样使爱火更加强烈了，丈夫是一七尺男儿，现在只盼着每天能接到爱妻的信。当然，这似乎超越了现实，可我们的爱要求我们一星期起码写两封信。不然，不足以安慰对方的思恋之情。

亲爱的,不管在什么时候,什么地方,丈夫一想自己有这样一个矢志不渝、钟情于己、一往情深的美妻,一切烦恼、不满、不悦都随风荡去。你的爱像一泓涓涓而流的清泉,滋润了丈夫的枯涩的心田。丈夫每遇不顺之事, 只要回想起百般恩爱, 万种风情的往事,脸上就绽开一朵山茶花。每念及妻的钟情,心之荡漾,不由得顿生自豪,倍感力增。这一段柔肠,真是罄竹难书,其妙处正是悠然心会,妙处不可与君说!亲爱的,我们的深沉、炽热、纯真、甜美的爱情,感动了我们周围的许许多多的人。这超脱了金钱羁绊的纯真,这高洁的爱,使人肃然起敬,使人钦佩之至!我的妻啊,我们的结合这样美满,真可谓是天设地造的一对。我的娇娇,丈夫有不尽的衷曲欲诉。这闪烁着精神之光的爱,使那些蒙上金钱的阴影、充满铜臭的结合相形见绌, 使那些建立在赤裸裸的粗鄙的肉欲上的结合流为笑柄。我亲爱的妻啊!丈夫多么想把你紧紧地抱在怀中,热烈地吻你呀。你那如兰的气息,

218

何时通过我焦灼的嘴唇,透入心田呢? 我的妻呀,这真是"金风玉露一相逢,便胜却人间无数。"①待那牛郎织女相会之日,也就是我们重逢之时。

我很喜欢你的几张风景小照,我选了其中一张,时时贴在胸口。我的娇娇,你能猜着是哪一张吗? 我的小美丫,照片上的绰约风姿,不及你本身之万一。忆你的一投足、一举掌,都有一种女性的韵美,宛如一首无声的诗。我的小乖乖,丈夫对你的崇拜简直到了无以复加的地步。你犹如我的女神,丈夫沐浴在你的神光里,心旷神怡,一荡俗尘,飘飘欲仙。妻呀! 我的女神,我的生命,丈夫无法把心中的感受用笔诉出,实乃大憾事。

亲爱的,我的阿芳,如果你的信能源源而来,去不去烟台,就无所谓。积聚得越多,爆发就会更猛烈。我戒惧着等待那火热的七月的到来。那时,比那新婚,

---

① 该句出自《鹊桥仙》,作者秦观。原文:纤云弄巧,飞星传恨,银汉迢迢暗度。金风玉露一相逢,便胜却人间无数。柔情似水,佳期如梦,忍顾鹊桥归路。两情若是久长时,又岂在朝朝暮暮。

会更令人心醉神迷。那时,我们将沉浸在爱情的欢乐中,尽情地享受似锦的年华。

我的小宝宝,给爸爸写信没有什么难的。多写些问候的话,以一个女性的细腻,你会写得很出色的。再把你的情况,生活、工作、学习、打算讲给他听听,也可以讲你到我家来的感受,讲一讲妈妈、妹妹、爸爸对你的关怀照顾,亲近之情。这些肯定会正中下怀的,不过要快写,字要写得稍为工整一点儿,也不必打草稿。写后看两遍,不要句子不通顺、写错字,你肯定会写得很好的。

亲爱的,月荟已痊愈上班。我没有怎么发脾气,只要你有信来,我的妻,丈夫就没有火气了。我也不怎么训蒂蒂。和家里关系正常,处得相当好,你就不要挂念家里,一心工作学习吧。来信适当地谈谈你的工作学习及你团的情况。呢子很便宜,就照你说的办。可惜,雉还没拿到手,丈夫都急死了。

你家我曾在下课去过……问淑芊姐,曰:"无事。"

我就放心了。钱是给你买鞋的,丈夫不会动用的。

　　亲爱的,时候不早了,我要读书了,虽然红袖离去,没有"红袖添香夜读书"*的享受。但每当坐在床上拿起书本,总要回想起你紧紧地抱着我,依偎在我的怀里抚摸,间或挠我一下的幽趣,这好日子在后面呢!丈夫又埋头读起书来,直到眼前的字模糊了,才喃喃地对远方的妻子道晚安,暗暗祝福,钻进被窝,一觉睡去。亲爱的,今夜暂时读到这儿吧!让我们吻别吧。我的小娇娇,小宝宝,小丫头,小坏蛋,今晚你要不来,明天我要狠狠地打你,像我们忘情时那样紧紧地拥抱你,热烈地吻你!亲爱的,你要与我同入梦乡啊……

　　合影照片也洗了若干,一样寄两张给你。其中你的单人相及在假山和汪丽在一起的,准备放大,只剪辑你和汪丽两人。你这张神态太好了,我不忍不放。放后再寄给你,小宝宝。

　　　　　　　　　　　　你亲爱的丈夫　毅
　　　　　　　　　　　　1982年3月30日晨1时

* 红袖添香夜读书

1982年4月1日

亲爱的妻:

　　你才是个大笨蛋呢！亲爱的妻呀，你就没有想到丈夫"吃一堑，长一智"的本事吗？迷途知返嘛。丈夫向来敢做敢行，岂有知妻地址而不投书的道理？不过这也提醒我，问问我的娇妻收到了几封信了。据丈夫统计，自通过电话，10天已经寄出6封信了，向诸城发信3封，向烟台发出3封，当然包括这一封信。具体时间可能是22日、24日、26日向诸城发，29日向烟台。30日又寄一封，还有今天的这一封，请查实。也可能我记错了，但我感觉上觉得是6封，或者只是3封。

　　亲爱的，你30日中午写的信，4月1日就收到了。可能是铁路相通的原因吧，只用了两天多一点儿。估计你31日可以收到我29日写的信，到时你就会发现

丈夫非但不笨,而且计算相当精明。瞧!避开你劳累的时候,待你心空下来,该想我的时候,信就不期而至。这也是丈夫的一片苦心。

丈夫最近睡眠较少,头发禾,但自觉尚好。只是盼望我贤美的妻及时来信,不要使丈夫计算失误,伤了情绪。我的妻娇小可人,夫已决定听你的,挺过漫长的3个月,不企望俄率投入妻热热的拥抱。待大暑之天,再热热地拥抱吧!虽说写信颇费神思,又牵魂万里,心潮澎湃,但一方面可寄托感情,一方面又能练笔,也不失为一件好事。相信聪颖的妻也有同感吧。夫之欢乐已系于妻的寄语中,受不了3日无卿之信的煎熬,我的心上人,不求长篇宏论,只求有只言片语来,就足以安慰你的傻哥哥。亲爱的,夫一想起100多天,就心惊肉跳,不知将有多少彻于骨髓的痛苦在等待着。夫不怕时光把青春的光泽隐去,只怕负了这大好春光。莫负春光,我亲爱的伴侣,多来信吧!

妈妈今天托熟人给你寄去一斤半熟香肠,收到就吃，不要坏了。小余回来，我应回避，不去登门为妙。待喜日过去，再托他给你带点食品之类。妈妈准备给你煮点咸鸡蛋，夫准备给你带点儿点心，你需什么，请来信告知。妈妈说毛涤不要买了。我的意思是目前尚未分灶，手头无钱，缓一缓再说，这一次就省了吧。你看有合适的衣料，你买了做连衣裙。你的钱尽管自用，不够函告。你必须自己打扮自己，原则是雅典、俊逸，而且破费合理。夫无暇顾及，你又远在千里，诸多不便。

　　烟台，可是名城，望妻尽情游览。回来后，带夫神游海滨，也不失为美事。夫盼爱妻的照片，妻在烟台，风光绮丽，不妨多照几张。请照相的那位老师或同志把人物在整个构图中的位置搞好，人像和景物比例要合适，不要让景物把人显得那么小，寄给你的几张风景照，有几张就吃了这个亏。人物神态微妙，遗憾的是，被景物挤到一个角落里。

　　夫最近欣赏了梅兰芳先生的《贵妃醉酒》*，其绝

225

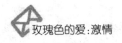

伦的表演和细腻委婉的唱腔,使夫如醉如痴。几天来沉迷于此中,不觉心意悦惚。京剧艺术有这样的魅力,确是夫未料到的。夫又添一爱好,欣赏京剧。真是美不胜收啊,由此夫想到妻,想到妻在从事这一令人赞叹的艺术活动,妻呀,夫心乐开了花。不过,妻进一步深造的事也应考虑,是去上海戏校,还是在省戏校进修。但个人可以努力创造条件,以等待时机。亲爱的,你加强实践,勤奋地学习,准备充足的条件,以待来日吧。

亲爱的,时间不早了,外边雨声渐沥,寒流又要来了。妻在外,切记注意身体的。丈夫一阵疲劳袭来,明日还要工作学习,暂时话别吧。最后,夫要妻一个甜甜的笑,一个深情的调皮,一个热烈的吻,一声娇嗔的呻吟,就像那……亲爱的,能用的词都用了,怎么表达夫的心情呢?宝宝,你狠狠地咬我一口吧!

你亲爱的丈夫　毅

1982年4月1日夜12时

226

* 梅兰芳《贵妃醉酒》剧照

1982年4月4日

亲爱的芳:

　　我的小娇娇,你现在看来很轻松,情绪很好。陈陈的海风吹走了你的烦躁,沁人心脾的海风啊,把清凉渗进你的血肉。亲爱的,这绝不是诸城尘土飞扬的乡村集市能带给你的感受。在闹嚷嚷的乡村集市,那里蕴含着一种火热的情感, 对生活的渴求是一种野性的追求。飞扬的尘土,闹嚷嚷的气氛似乎是这种野性的热情、执着的弥漫。而在这大自然和人的如此和谐的小城,则深藏着人和自然的宁静的拥抱。人和自然是这样和睦地相处,这样自然地共存。自然为我,我为自然。自然化入人类的文明,文明体现在壮伟的自然之中。脉脉含情的大自然就如处子一样地依恋着人类, 人类像一个健伟的奇男子那样深沉地爱着大自然。这情景正如宋人张孝祥的词《洞庭青草》里所说："玉鉴琼田三万顷，著我扁舟一叶。素月分辉，明河共影，表里俱澄澈。"想我妻伫立防海堤，眺望茫茫大海，只见无依海远，一叶扁舟悠悠而来。想我妻月下漫步海滨，清辉徐徐，海天一色，天地人心俱澄澈，怎能不轻心爽身，悠然欣领神韵，而心旷神怡呢？可惜夫不能偕你同游，共领其神妙。心旷远自然是神宁，宁神自然萦情思沉，一荡俗尘飘飘欲仙，此其谓也。

大自然有无数美景使人叹为观止，生活中有无数美使人陶醉，然而这一切都有待一双爱美的眼睛才能看到。只有当人们心情愉快了，才能体会到这些美，就是说，只有在人类中占有了自己的位置，在人与人之间的关系上体会到美，才会使自然顿生光彩，才会使生活表露出它的魅力。不然古人怎会说道："应是良辰好景虚设。""往事令堪哀，好影难排"简直是诅咒大自然了。这都是失去了人与人之间的伦理幸福，主观情感的变态，使似锦的年华，如画的江山，

229

变成了不堪忍受的东西了,何谈其美。亲爱的,你有一个亲爱的丈夫,一个融洽的家庭,是必使你具有一双美目了。然而使你惊叹大自然的壮美,最直接的原因恐怕是你与任鑫恢复了友谊。这就使你在远离了家庭,远离了亲爱的丈夫时,在情感上有了一定的寄托。对和任鑫恢复友谊,我们寻找了不少办法,做了不少努力,然而以前总是若即若离,这曾使我们很伤脑筋。但是我们忘了,在我们确定了原则,进行了努力后,时间就是我们最好的朋友。时间可以坚持不懈把我们的好意告诉她,也会把往日的不快抹去。现在你们终于好了,我感到松了一口气。我的小宝宝,丈夫我松了一口气。

张导很欣赏你的表演,这是我的骄傲!但你要像对任鑫那样和他处好关系,不要任性。偶尔使个小性无可厚非,但不能老是这样,当然你并没有这样。大哲学家黑格尔曾说,被情感和欲望支配的人绝不能说是自由了。我们要搞事业,要善于控制自己的感情，我的小宝宝，把感情包起来，到夫妻相会时再释放出来，使我们夫妇在烈火中，不，在爱火中锻造出青春年华。自然，搞好关系要保持在使他吃醋的妻子说不出什么来的程度上。艺术上相互切磋，渗进女人的醋劲，就不能达到事业上的目的，切要谨慎。贵团的表演反应颇佳，很是欣慰，这无疑也振奋了贵团上下的精神。请妻借此佳机，多练功、多实践，为夫的盼你满载而归。

我亲爱的妻，瞧你说的，只要是妻用情意编织的毛衣，岂有不好之理？亲爱的，我穿上你千恩百爱编织的毛衣，就像你在轻轻地抚摸我，热热地吻我一样。你的呢外套及裤子尺寸已告妈妈，爸爸的毛涤就不买了，上次信已告你。另外，你妈妈叫你给一个人买一双和她穿的那样的黑色、大舌头的女平底皮鞋，37~37.5码。小姑叫你给她代买一双中高跟，黑色的皮鞋，有牛皮则牛皮，没有买猪皮。妈妈说代买东西，钱不要往家里寄了。遗憾的是你的皮鞋仍未拿到，我

干着急。

亲爱的,你写信自有你的特点,我代笔反失其真。你不要考虑过多,不管怎样写信探探路,下一次就有数了,我代笔总归不行。你家你似手也应写几个字,你爸告我不让你写信,我考虑还是写几个字吧。不过不能占去给我写信的时间,丈夫现在没有你的信,一天都过不下去,我太想你了,你这个鬼灵精!

你爸妈身体都好,我今去合家欢乐。接我信后,千万要把下一站的地址告诉我,这一次准让你到达的当天或第二天就收到信。亲爱的,夫急切地想着妻在烟台的留影,夫现在天天仍想妻突然归来,天天如此。真头痛……亲爱的,我的小娇娇,宝贝,你狠狠咬我吧! 出血都不过瘾,只盼你能把我吞下去,吞进去我都不愿生存。没有你,我空有一具躯壳,而没有灵魂。没有灵魂的躯壳,无异于行尸走肉。丈夫现在就是这样的空虚,丈夫需要你的爱,需要你温热的身躯的温暖,需要你炽热的爱。亲爱的,夫难忍难熬,苦不堪言。然而这都是小我，想到你通过自己的劳力，用美好的精神食粮丰富了齐鲁人民的生活，夫心又舒畅。但终感惆怅，妻啊，纸上的热烈的欢会，毕竟代替不了现实中心灵的、血肉之躯的交流。这3个月，100多个昼夜，纵有朝日朗朗，你不免对景徘徊；纵有明月高悬，你不免起舞弄清影。孤寂像影子一样伴我起居，使我心痛欲裂，痛断肝肠。亲爱的，但愿你不像多情的丈夫这样，低回百转，柔思万里。我的娇娇，我的亲人，抱抱我吧！

你亲爱的丈夫痛书　毅

1982年4月4日夜

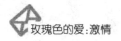

1982年4月9日

亲爱的芳:

　　我千娇百媚的小宝宝,接到你的信,丈夫心里情思滚滚。亲爱的,得知你可能早日回来,昨晚一夜梦的都是你回来了。亲爱的,丈夫如此强烈地想你,真是叫人受不了。感谢慈悲的几天,把我们的苦刑减期了。不过,细算尚有五十多天,不觉又有点难言之苦。我也恨不得你立刻就飞进我的怀抱里,热热地吻我。我们陶醉在久别重逢的幸福中。哎!想一想也是骨软筋麻,待到重逢之时,我们的感情就会像火一样地灼人了。眼前无奈,丈夫只好打起精神,撑过这五十多个日日夜夜。我总在想,或许你会突然回来呢?听说你们要拍电视剧,不知拍什么?

　　你给爸爸写的信,肯定会使爸爸非常高兴的。爸爸一定得意非凡，到处夸你这个好儿媳。你写的那些事极好，就要写这些事，这使人感到亲切、温暖。你真是个好妻子，好娇娇。你这个小丫头，我非狠狠地咬你不可。你到处受宠，丈夫心里十分高兴。

我把你感谢妈妈的话告诉妈了，妈心里很高兴。一家人都很高兴。自寄出香肠后，妈妈和我们一天念叨三遍，香肠是否寄到了。今天得信，一家皆欢也！

亲爱的，你拍了许多照片，可惜丈夫不能领略，你叫我办的事，我都已办。洗了几张相片，不清楚，你看看吧……只能作"望照片兴叹"。什么时候能看妻娇美骄傲的面容呢？丈夫在盼着，妻子的美丽是世人公认的，丈夫引以为自豪的。看到妻艳丽绝彼一方，丈夫心里十分畅快，只是不能目睹妻真容，老是从字里行间辨出妻秀美照人的面庞，心里却也难过。许多臭男人拖着三尺长的涎水死皮赖脸地盯着你，表现得十分下贱，丈夫只怕你被人欺负。看到你很会保护自己也就放心了。妻远行，离开了丈夫强有力的保护，

确要注意万徒的恶行。

我好心的妻呀，不要为夫买东西。丈夫都不需要，只需要妻一颗纯美的心，充满柔性的心。不管丈夫处在什么境地，只要想起妻这一颗温柔的心，顿时力量倍增。我的宝宝，丈夫这一颗心都不知怎么才能奉献在你面前。我都想用一把快刀，破一腔血，把鲜红的心奉献给你。亲爱的，我们生生死死永不分离。我们永远相爱，永远，永远！我的娇娇，扑到丈夫怀里来吧。丈夫用全身的力气紧紧紧紧地拥抱你，一千遍一万遍地吻你，吻遍你全身，吻遍你全身每一个隐秘的地方，吻得你全身舒畅，吻得你心花怒放，柔情百回。我要让你舒服，让你高兴，使你幸福。我永远做你亲爱的好丈夫，亲爱的，我的爱妻呀，你来抱抱摸摸丈夫吧！！！

你伤心的丈夫 毅

1982年4月9日

1982年4月11日(1)

亲爱的芳芳:

　　连续而来的信就像频频的热吻一样地安慰了丈夫。妻呀,自从你告诉丈夫要提前归来以后,丈夫对任何一个电话任何一个呼唤都充满了你要回来的希望。每晚上匆匆地赶回家,多么焦急地赶回家,为的是希望突然看到妻娇美的身影,希望妻扑到丈夫的怀抱里。下课后拼命地蹬车回家,期望看到意味着妻子在家时我们房间里射出的粉红色温暖的光线。然而这明知是幻想的希望,一次一次地落空,忧郁越来越深厚了。我回想我们相爱的一幕幕,我不能忘记那个凄风冷雨的晚上,丈夫回家后,妻含泪扑向丈夫,珠泪涟涟的情景,那是1981年2月,我们最伤心的时候。丈夫也不能忘记,婚后妻对丈夫的一片深情,那

给伏案学习的丈夫喂饭的情景历历在目。丈夫每一想起这些,不禁柔肠百转,情思绵绵。妻呀,我们爱得太深了,以致冥冥的上苍把我们分开,让我们的爱更加深沉,更加浓郁。

亲爱的,没有你在丈夫的身旁,丈夫去看电影就像是受苦刑,十分不耐烦。所以电影、戏剧等等一概远之。细心的妈妈为了平衡儿子的生活,买电影票让我去看,我也是一推再推,百般无奈时才去看一场剧。《华丽的家族》①在某一个星期天曾计划看一看,待骑车到街上,心又转冷,就又跑回家,默默地怀念远方的爱人了。自你走后,丈夫就失去了对电影的兴趣。一方面苦于时间长,这么长时间在思念妻子的时候是很难捱的;另一方面是电影上老是出现爱情的场面,不免触动情怀,更加思念你——我的爱妻。今天妈一下子给我买了两张电影票,丈夫无法推托,只

---

① 《华丽的家族》是1974年上映的剧情类电影,由山本萨夫执导,讲述了日本关西地区的财阀万表家族中的家庭伦理故事。

好咬牙去忍一忍了。《牧马人》①也在其中,看一看也好。妻呀,你不知丈夫心里是什么滋味。我就觉得世界上只有你最好,最了解我、最体贴我。我越想越难过,我亲爱的妻呀,我多么需要你的爱抚呀!让老天爷见鬼去吧,让你能早日飞回丈夫的怀抱中来吧!

我校也认购国库券,我们教育科的男孩子每人20元,准备从上半年的节余奖中扣除,这件事是一种爱国的行为,"国家兴亡,匹夫有责"。没有国家的安宁与富强,也不会有我们的好日子过。丈夫很理解妻的爱国热情,这件事你做得对。爸爸认购50元,妈妈认购20元,月荟认购20元,你的环境不同,再加上开支大,不宜多认购,5元也就可以了,而且你认购多了,别人还要说闲话,这和机关是不同的。

亲爱的,钱即汇到,你就放心吧。小姑的鞋如没钱就不买了,要买号码是35码的。

---

① 《牧马人》*是中国著名导演谢晋的反思三部曲之一,拍摄于1982年,朱时茂、丛珊主演,编剧张贤亮。

　　亲爱的，又挨过去一个星期，这日子过得真慢，我都急死了。有时我都想干脆吃安眠药，两个月，等你回来再醒过来，省得这么受折磨。老实说，我都熬不下去了。有时我觉得我就要崩溃了，幸好此时你的信来了。我的娇娇，还要多来信，以慰夫心。

　　丈夫胆子小，谨慎小心，恐怕信寄不到。妻还是把具体的地点寄来，丈夫不敢贸然行事。因为每封信都计算时日，不能稍有差错，所以唯恐信在路上耽搁。丈夫之心妻会理解的。

　　妻的照片立刻去洗，不放大。不过我看底片，照得质量不好。

　　亲爱的，不知你固定在什么日子回来，丈夫迫切需要确切的日子，好定下心来咬着牙度日。但愿你们团能突然被召回，你立刻就扑到我怀抱来。

　　亲爱的，我又想起你温热的怀抱、丰满的乳房了，这么多日子没有丈夫的亲吻、偎贴，委屈你了。丈夫又想起你润滑的肌肤，它们多需要丈夫的爱抚和摩擦，还有你柔软的腹部丰腴的腿、纤巧的脖子，它们都需要丈夫热烈地吻，狠狠地咬呀！亲爱的，你这个大坏蛋，我都要发狂了！我心里只有你，只有你这个大魔鬼。你叫我喘不过气，叫我心如刀绞。亲爱的，让我们的灵魂超越时空拥抱在一起吧，快来抱抱哥哥，吻吻丈夫！

　　　　　　　　　　　　　你伤心痴情的丈夫　毅

　　　　　　　　　　　　　1982年4月11日

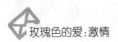

*《牧马人》剧照

1982年4月11日（2）

我的爱妻：

上午刚给你发完信，汇了款，回到家里就接到了你的信。丈夫心里激动万分，你若在我面前，丈夫会用尽全身力气，紧紧地紧紧地拥抱你，一千遍一万遍地吻你。丈夫万念俱灰，只有一个坚定的信念，只要有了你，有了你的爱，丈夫在个人生活上就心满意足了。丈夫遍阅世事，觉得人在世上，最可贵的就是人与人之间真挚的情感，人的温暖。在恋爱问题上，金山银山不如夫妻的恩重如山。没有什么能比得上夫妇的炽热纯真的爱更可珍贵的了。听妻的话，丈夫去看了《牧马人》，不禁热泪横流。电影中许李的爱情，多么像我们纯真的爱啊。丈夫一边看一边想我们的恩爱生活。什么是幸福？这就是幸福！这就是一个人

在个人生活中最大的幸福。而且这个幸福是建筑在为祖国、为人类做好事的基础上的真正幸福。我多么爱我们的祖国、我们的人民啊！多爱美好的生活,多爱你,我亲爱的妻子呀！丈夫深深地感到我们是多么幸福的一对啊。这对我们奋发是多么大的推动力量啊！亲爱的,丈夫现在百感交集,恨不能发狂地抱着你,我的好妻子,我最好最好的人。我亲爱的,我的心把丈夫的感触、丈夫的思恋一股脑儿地倾诉给你。丈夫要躺在妻温暖的怀抱里,像乖孩子一样地偎依着你,在妻轻轻的爱抚下静静地睡去。妻呀！丈夫心里苦得像黄连,都苦傻了。亲爱的,得知你五月二十日左右就能投到丈夫的怀抱,心里稍微好受一点儿。但仍有四十多天,确也难熬。我真不知我这样一个刀放在脖子上都不皱眉头的硬汉,会这样多情,这样地想念你。我越想你,越是想你善良、贤惠、纯真的品格,这又更激起丈夫对你的思恋,如此循环往复,想你想得血泪交流,坐卧不宁。我的爱妻呀！丈夫也是一遍

244

1982年

遍吻着冰冷的相片，一遍一遍地吻着散发着你的气味的信。亲爱的，丈夫一定每晚都到妻的梦幻中去，在梦中哭诉离别的痛苦，我的宝宝，你也要来呀，丈夫梦里也不能没有你呀。亲爱的，分离的痛苦谁使丈夫反省，那相聚在一起的分分秒秒是多么珍贵，待你回来后，丈夫要万分珍惜这血泪换来的分分秒秒，尽情地爱，尽情地拥抱，尽情地亲吻，尽情地……

亲爱的，认购国库券你们那儿搞得太过分了。这是自愿认购，不允许限购。但已认购，就不要再说什么了，反正也是为国家做贡献，我们自己紧紧就是了。

茹梦来，春风满面，原来已经成婚。我们要送点东西，你看送什么合适？写信告诉我。没法子，借20元钱买点东西给她吧，或者把钱汇给你，你来买东西，待你回来后，我们一起送去，你看如何？

茹梦谈了一下橙橙的情况，很是凄凉艰苦。孑然一身，无亲无友，无有生活来源，尽吃白眼，现正在努力挣扎。一个人离开了祖国，没有祖国作依托，就像

245

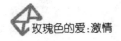

水上的浮萍一样没有根基，没有力量在世界上挣扎。离开了祖国母亲的保护，失去了母亲温暖的爱，一个人就没有力量了。我准备通过鸿胜不远万里，给橙橙写信，叙叙友情，以慰身在异乡的孤魂。让她感觉到在祖国我们这些平凡的小人物纯真的友情，或许可以给她以力量，增强生活的信心，也未可知。鸿胜也很寂寞，写信要我常去信，以叙友情。亲爱的，你看人们是多么重感情，我活在世上一天，就绝不让我的爱人、朋友、同志、我所热爱的人民感觉不到亲人的热情、关怀、体贴，鼓不起生活的勇气。

亲爱的，你有省残校的文凭，为什么还要参加初中的文化考试？现在先不要声张，找来文化考试的章程、规定看看。按常规，残校毕业的起码是中专或高中水平，怎么反而要考初中的文化课，岂非怪事？待搞清楚再说吧。当然，学一学也不是坏事。

亲爱的，丈夫明天还要开始新的工作，就此话别了吧。亲爱的，你不能狠狠地朝丈夫的脸上咬几口

246

1982 年

吗？我憋得难受！亲爱的，获里你可要来呀！我最亲

爱的，抱抱丈夫，咬咬他吧！

你亲爱的丈夫　毅

1982年4月11日夜

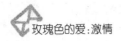

1982年4月15日

亲爱的芳:

我的娇娇,等到星期三没有收到你的信,我难过地想对天呼唤,芳啊,你在哪里?妻呀,丈夫想念你啊!一晚不曾安宁。今天工作起来意马心猿。中午赶回家,我亲爱的妻呀,你的信终于来了。这痛苦的分离什么时候才算到头呢?丈夫多少天来失魂落魄,只因娇美的妻子不在身边,孤身一人有难言之苦!丈夫全身心没在思恋之中,浑身不自在,脑子不愉快。只有你明媚有如春风一样的微笑才能使丈夫心怀畅快,只有你含情脉脉的注视才能使丈夫安静下来。丈夫五内俱焚,心如油煎。

亲爱的妻呀,你心痛丈夫,不让夫洗你的照片,难道你不知道这是丈夫的寄托吗?是丈夫自欺欺人

248

的自我安慰吗？我多想知道爱妻现在的神态、体态，所以你底片一寄来，就拿去洗了，每样两张。这不，照片已拿来了，看到妻神态安详、妩媚中又增几分风韵，丈夫心里很是高兴。不过总的说，照得不如之前的几张好，大的我特别喜欢你坐在铁链上的那张，小的我就喜欢其中的三张，应当说那两张是照坏了，现寄给你自我欣赏。

亲爱的，爸爸是很喜欢你的，认为你是一个好姑娘。你给他去信，他是非常高兴的。这下子他更喜欢你了，爸爸不止一次说，对你比对月荟还操心呢，喜爱之心溢于言表。爸爸赠你的两句话，是当初爸爸妈妈结合时，妈妈题赠在自己的照片上送给爸爸的。现在老一辈把这句话传给我们了，我想我们不会比老一辈差的。瞧我们现在爱得这样如醉如痴的劲头，叫外人知道都会笑话我们的。亲爱的，我越想你，越感觉到你是那样地爱着我。我是那样地满意我的小娇娇，只要一想你，眼前一浮现出你俏丽的倩影，仿悠

似悉的一双含情目，丈夫就心花怒放。想到有这样姣好贤惠淑静的妻子，不由我不自豪，不由我不像饮了醇香的老酒一样的甘美。爱情甘甜怡人。虽然分离的痛苦是她的必然伴侣，但是我愿意，宁可煎熬我生命之火，我也愿意！为了这样甘醇的爱情，我愿含笑死去！

得知你身体不适，心里很惦念，但关心重重，丈夫无能为力，实在是大大的遗憾。亲爱的，我的娇娇，让丈夫紧紧地抱着你、轻轻地抚摸你、温柔地吻你、悄悄地给你按摩，以减轻你的病痛。唉，宝宝，还是快归来吧。回来后，丈夫就可以想尽一切办法，来解除妻的痛苦。我的娇娇，你的病痛让丈夫的心痛得流血，且恨得力锉钢牙——只因不能以丈夫烈火一样的爱除去娇妻的病痛！

任何人轻生都是不了解生活的美，是生活的弱者。我们有幸站在强者之列，所以要同情那些弱者，鼓励他们做一个生活的强者，懂得万物的灵长——人的生命的可贵、可爱。亲爱的，你辛苦了吧，丈夫吻你二十次,感谢你做了一件好事。

亲爱的,丈夫每对孤灯思念身在远方的娇妻无法排解时,只好起身把衣服脱光,赤条条地站在穿衣镜前,仔细地观察丈夫的身体。丈夫每日苦练,只为一个愿望,送给亲爱的妻一个健美的丈夫。所以每天仔仔细细地上下打量,研究肌肉的形状,考虑改进锻炼的方法,必锻炼出一个有如浮雕一样健美的身躯,把它投进妻温暖的怀抱。让妻欢喜得恨不能咬两口、抓两下,使妻爱得不忍释怀,紧紧地紧紧地抱在怀里,一遍一遍地抚摸,一遍又一遍地亲吻,甚至狠狠地咬、用手掐。亲爱的,我的爱妻呀,丈夫每夜也是如妻在家时一样赤条条地入梦的,我始终不相信妻已离去,我每晚总觉得是在温柔妻的拥抱中静静地睡去的,是在妻充满情意的爱抚下睡去的。老天爷,这美妙的时刻怎么还不来呢?还有35天,我真沉不住气了。亲爱的,为了我们正常的性生活,你应在回来前的那次月经后正常服药,不要再把我们吓得心惊胆

251

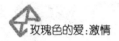

战的。亲爱的,我的爱人,我最好最好的妻啊,你晚上来吧! 紧紧地拥抱你,热烈地吻你。

你痴情的丈夫　毅

1982年4月15日

1982 年

1982年4月18日（1）

亲爱的芳：

　　我心爱的宝宝，我的娇妻！得知妻如大旱盼甘露一样地盼望丈夫的信，丈夫心里真高兴。丈夫现在也如妻一样，只盼妻的信。每逢感觉妻的信要来时，就莫名其妙地不安、着急。如果此时接不到妻的信，心里别提有多难受了，什么都没有心思，看什么都来火。一拿到你的信，我的爱妻，丈夫的心立刻就剧烈地跳动起来，就像我们热烈地拥抱，拼命地吻对方，恨不能把自己的身体挤进对方时的感觉一样。我们天各一方，不能用现实的血肉之躯来表达深沉的爱，只有用虚假的语言来满足精神上的需要。所以信在分开的恋人之间就成为唯一的寄托，并热烈地半疯狂地把希望寄予就要到来的重逢，甚至用重逢可能

253

出现的极其幸福的情景来减轻今别的痛苦。亲爱的，我再累再长，也要频频给妻去信。一天一封信，丈夫恐怕贵团的人有什么感觉，起码两天一封信，这是一定要做到的。我的小亲亲，小宝宝，小丫头，小娇娇，丈夫一定多给你去信。亲爱的妻，你也多给丈夫写信，让我们互相安慰……可以预见，5月20日这一令人激动的日子到来之时，将是我们神魂颠倒、比新婚还要甜蜜的时刻。

亲爱的，得知身体仍然不适，丈夫心里自然很不好受。我祈求贤明的上苍，赐福于你，让你早日康复。亲爱的，只有深情地眷恋着自己的妻子或丈夫的人才会想入非非。贵团王君不幸自绝，幸而及时治愈。丈夫一门心思就想她可能回亳治疗，回亳自然有人相伴。丈夫从此像傻子一样地希望妻突然投到丈夫的怀抱。希望看到妻看到丈夫时惊喜娇羞有如桃花一样的面庞。亲爱的，还记得你赴沪毕业演出，突然归来看到丈夫时你脸上飞起的红潮吗？丈夫当时看了心里有无限的柔情呀。我的上帝,我多希望这个时刻尽快地到来呀! 小亲亲,还有32天。愿贵团领导大发慈悲,不要推迟我们重逢幸福的时刻的到来。我只愿你提前,而不希望你推后回到丈夫温暖的怀抱。亲爱的,你回来后,丈夫绝不让妻失望,我将让妻满意,让我亲爱的妻心满意足,快乐异常。亲爱的,从社会生物学的角度来说,春秋两季是人性欲高潮期,我想丈夫身体也炼得棒棒的了,又逢到这个期间,我们夫妻的性生活会像蜜一样的甘甜,会让我们想一想都会陶醉的。我的宝宝,幸好在5月20日回来,再过个把月天热了,性欲就减退了,一直到9月才会恢复趋向高潮。丈夫的热烈几近疯狂的爱,会使妻像在天堂一样地欢乐。使妻想一想就会战栗不已,心醉神迷。丈夫已下定决心,在短短的重逢的时候,补偿我们所失去的时间,尽情地享受青春的年华,让生命之火尽情地燃烧。

　　亲爱的,我回想了一下我们相爱的历史,每逢春

秋两季我们就感到特别的痛苦。你还记得那个令人心惊胆战而又柔情无限的3月底吗？是的，这一次我也有那一次的感觉，甚至比那时还强烈，可以想象重逢之日那疯狂的爱的幸福情景。亲爱的妻呀，两天一封信，丈夫信的篇幅就要稍微短一点儿了。亲爱的，晚上再给你写信。亲爱的，你使劲地抱抱丈夫，咬咬丈夫的嘴唇吧！

你充满柔性的丈夫　毅

1982年4月18日

1982年4月18日(2)

亲爱的芳:

　　我亲爱的妻呀,现在又是夜阑人静,丈夫对灯独坐,不能不回想起"芙蓉帐暖度春宵"的火热。那时节"两情火热相偎贴",说不尽千恩百爱,说不尽柔性蜜意水样流。不由得丈夫从心底陡然泛起思恋的浪花。妻呀,读了你声泪俱下的信,偶若是石人也要潸然泪下,何况丈夫乎? 亲爱的,丈夫为妻的一片深情,十分注意身体,十分小心谨慎。丈夫绝不能使妻伤心。你想,丈夫不是为了妻而每日锻炼身体吗? 亲爱的,不会有意外的,丈夫和你,我亲爱的妻子,不久就要重逢了。亲爱的,那时痛苦化为幸福,思恋的苦情就化为热烈的爱。妻呀,咬着牙,默默地数着日子过吧! 我痴情的妻呀,我们永生永世不会分离的,除非地球上

257

不存在人类，不存在氧气，不存在水了，我们的爱情才会终止。亲爱的，我们相依为命，共同扶助，勇敢幸福地生活下去吧。

我善良的小娇娇，今天去看二老，二老身体尚可，妈妈已恢复健康。我拿了三张电影票请二老及淑芊姐去看，我自己悄悄地躲进我们的小寓。没有你，我不能看电影。我讨厌电影，我忍受不了这种折磨。自己静静地躲在一边还好些。你不回来，丈夫不去看电影了。待你回来，偕妻一同去看，那才有情绪。二老及淑芊姐都很高兴，看到他们都很高兴，丈夫也聊以自慰，远方的妻可以放心了。

给小任买瓷器，我同意。不过别忘了给丈夫买一个笔筒。小余的感情很感人，可丈夫像一个幽灵似的不好捉摸，如果不是星期天，只有星期三晚上可以碰碰运气。星期六我要在校阅览室值班，晚上九点半以后才能回家。星期三我还可能出去，当然一般不出去。怕就怕家里叫我去办什么事。不过我想他也会考虑的。

　　亲爱的，我也是认为我们是世界上最幸福的一对，我们的结合不但没有埋葬爱情，反而使爱情更加甜蜜、更加深沉。我的宝宝。现在已经十二点多了，明早还要早起。丈夫现在都是六点起床，已消灭了迟到。现在丈夫雄心勃勃要把团的工作搞好，争取搞厂先进团支部，工作又将更长，而且在你回来前后又要讲课了。亲爱的，丈夫浑身肌肉都邦邦硬，就需要妻柔嫩的肌肤的熨帖了。亲爱的，丈夫多么需要妻充满柔情的拥抱、深情地亲吻呀。我的小亲亲，你梦里来吗？亲爱的，用你丰润的乳房狠狠地挤压丈夫。

渴望妻的拥抱的丈夫　毅

1982年4月18日夜

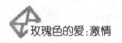

1982年4月19日

亲爱的芳:

　　我亲爱的妻呀,丈夫现在也是不能一日无卿信来。爱妻娇柔的谈吐一日不闻,心里就若有所失。为能多得爱妻信,丈夫灯下疾书,让夫的信早早至卿的手中。亲爱的,丈夫今晨醒来,只觉脖子不好使,左右两面而观,多有不便,原来是落枕了。自肩至首,均似有重物压下,麻木不灵。苦痛自不待言,无奈苦中作乐,权当作爱妻用柔润的双臂缠绕,全身坠之乐。然而祸不单行,打扫卫生中,因搬重物,不慎闪了腰,上身递僵直。不知内情的人,远观如英雄汉,挺胸凹肚、可这苦处只有以苦笑自解。此时,倍思卿的温柔拥偎。丈夫往日每晚也是酸痛遍及全身,可一经妻的偎贴,立时就酥软拉扬,遍体舒适。亲爱的,此时丈夫多

260

么需要妻温柔的爱抚啊！我的小娇娇，这可恼的分离把我们可害苦了。

亲爱的，北京几所高等学校办了个自修大学，报了名后，交15元钱即寄《讲座》课本来。3年学完8门课程达到大学的中文语言文学专业的水平，以后可以参加国家规定的自学成才的考试，如果考试及格，发给证书，待遇和同等学历的正规学校学生相同。我的宝宝，我想搞艺术的人语言、文学是必不可少的。丈夫学中文以后，自己觉得知识日益扩展，脑子日益充实。卿今后在艺术上，也可能借助此事而有所成就，爸(你家老头)曾对我说，你当个一般演员演演好就行了，混混就算了。我当时不便跟他谈，唯有诺诺连声。我觉得人不能混日子，有机会总要自己掌握自己的命运，努力奋斗。因此我极力主张给你报个名，寄15元去，按部就班地学起来。有疑难处，丈夫正好给予辅导，一来在拥抱中交流了感情，二来在亲吻的间隙，又悄悄地进行了学习。趁你没有孩子这几年，抓

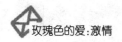

紧学习，考试及格，自当令人刮目相看，对表演艺术大有好处。就是今后真的不搞演出，学了这些知识，也是到处可以干一番事业。再说给卿辅导，共同学习，丈夫也就在热烈的拥抱，甜蜜的亲吻中重新复习了已学过的课程。而且如果再外出演出，互相切磋学习，也可能会使我们两颗热烈相爱的心稍微地冷静一下。亲爱的，你看如何？和妈妈商量了一下，妈妈是同意的。报名从4月15日开始至5月底结束。7月份就会寄来4本书。正好这时你也考完初中文化课了。我的娇娇，你尽快把你的意见告我，丈夫好去办。我亲爱的妻，还有31天才能见面，744个小时，真急死人了。说来也怪你，谁让你那么讨人爱呢？我千娇百媚的妻呀，丈夫真是急不可耐了。

我们团支部打算5月1日放假时，组织团员青年旅游，登泰山。饱览祖国壮丽河山，激发振兴中华的豪气。丈夫是组织者，不能不一同前来，辜负了爱妻的一片珍爱之心。我们准备统一行动，筹集团的经费作路费。反正我不搞就不搞,要搞就轰轰烈烈。只是没有和妻一同登泰山、壮情怀,可能这将是一生的憾事。亲爱的,时近凌晨,不睡明早又起不来。今晚不求别的,只盼丈夫腰痛时,妻能悄然乘风而来,紧贴在丈夫的胸前,陪我睡个好觉。亲爱的,我亲爱的妻子,你紧紧地抱着丈夫,甜甜地吻他吧。我……

你多情的丈夫 毅

1982年4月19日

1982年4月20日

亲爱的芳:

　　我的爱妻,忍不住丈夫又提笔给你写信了。亲爱的,还有一个月就要重逢了。今天早晨醒来,腰已不痛了,当然还有一点儿疼,但已不妨碍行动了。这都要归功于你,早晨五点左右,朦胧中你忽然回来了,丈夫心里像照进了阳光,一下子闪亮起来,多少激动的话都说不出。我们紧紧地抱在一起、默默地流泪,一串串的泪珠把郁积在心头的思念倾泻了出来。这画的饼竟也充了饥。我的爱妻呀,丈夫随着重逢日子的临近,越来越怕你出事,你出事会使我怎样地难受啊。我不敢想,只好盼望时间,走得快一点儿。天哪,我的小娇娇,千万要保护自己不要出什么意外。如果那样,丈夫恐怕活不了几天。妻呀,我们爱得太深了,

264

恐怕分离的时间长了，我们都会得病的。

丈夫现在吸烟又多了，每逢情绪激动不能自拔时，烟使我静了下来。吸烟多又觉得对不起宝宝，一想起宝宝，又止不住思恋之情，激动起来又要吸烟。这罪可真难受。爸爸4月29日回亳，我可能见不到他。亲爱的，你尽给我买东西，为什么不给自己买一点儿呢？你不知道你还没有一件港衫①吗？你为什么不买？你不知道丈夫喜欢你像鲜花一样的美艳吗？你看有好式样，给自己买去吧。亲爱的，每当坐在书桌前，看到妻神采奕奕的照片，心里就像刀绞一样疼痛。妻是丈夫的心呀。我一肚子苦情，越来越不能自拔。每天上床，闭上眼睛，不回想往日的恩爱就不能入梦。丈夫也把这个当作一种享受，默默地忍受分离的痛苦。妻丰腴细腻的肌肤、绵软的乳房、光滑的大腿，都使

_____

① 20世纪七八十年代的流行元素：喇叭裤*、蝙蝠衫、蛤蟆镜*、港衫。那时候曾经追捧过一种衬衫，领子很大，因为是从香港流行过来的，所以叫作港衫，也就是现在的T恤衫。

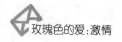

丈夫想起妻内外皆美的秉性，想起妻对丈夫的一片深情，如水的柔性。什么时候才能看到妻脉脉含情的大眼睛呢？什么时候才能得到妻的爱抚呢？两人什么时候才能够在一起活动呢？什么？什么？一连串的什么！丈夫的心都碎了。想起我们在一起时，有时还拌拌嘴，真是有福不知福，有爱不知爱。一旦分离，丈夫强烈地感觉到妻的存在，没有妻，丈夫就是一个没有灵魂的人，一具枯骨，了无生气。妻呀，我的生命，我的心肝，我的小宝宝，你叫我怎么来说呢？心在隐隐作痛，精神极端苦痛。我恨不得用刀割下自己的几片肉，以减轻这刻骨铭心的相思之苦。亲爱的，我心爱的妻，你用你温暖的怀抱，把你这个宠坏了丈夫，抱在胸前，让他尽情地哭泣吧！亲爱的呀，你抱我啊。

你伤心的丈夫　毅

1982年4月20日夜

266

＊喇叭裤

* 蛤蟆镜

1982 年

1982年4月22日

亲爱的芳:

　　你怎么还没有来信,丈夫心里真难过。刚才写了一信,把怒火都发在上面了。我真不忍心这如炮弹一样的信,伤了远方妻子的心。我把它扔在一边,再等妻两天。如不来信,就说明妻是故意不写信的(如果没有意外之事)。这信就发给妻,如果丈夫错怪了妻,丈夫也要把这信给妻寄去,以求妻的宽恕。并向妻认罪。

　　我亲爱的妻呀,为什么不给丈夫来信呢?你的时间就那么紧吗?写两个字也行,告诉丈夫你很平安,你的心和丈夫的心相连着。妻子在外,丈夫一时也不得安宁,冷暖都挂在心上。唯恐妻有什么不适,有什么不痛快。我亲爱的宝宝,你现在怎么样了,能吃饭吗?睡得好吗?演出顺利吗?和团里人处得好吗?是

269

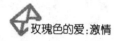

胖了还是瘦了？是愉快还是不欢？我的心肝呀，你怎么一点儿音信也没有了呢？信像一根无形的红线，把丈夫拴在你的身上，线断了，丈夫有如断线的风筝，飘忽不定，神不守舍。妻呀，你不知道现在丈夫过的是什么日子，每天苦苦地盼着你的信，苦苦地拿着手指数着小时度日。没有你的信，丈夫由和善变得凶猛粗暴，由生气勃勃变得阴森可怕。我的心肝，我最好的小宝宝，你怎么回答丈夫的呼唤呢？丈夫怎么能没有你的爱抚呢？我的妻，我的好宝宝，你不可怜可怜你疲乏的丈夫吗？丈夫只想喝酒，让酒精麻醉痛苦的心灵，以求暂时的解脱。我的妻，赶快伸出你温柔的手，拉一把丈夫吧，亲爱的，你在哪儿，你回答我呀……

　　我的爱妻，你吻我吗？你愿意抱抱我吗？

你心里像烧着火一样的丈夫　毅

1982年4月22日12时

1982年4月23日

亲爱的芳：

我真不知道给你写什么好，我不知你现在怎么样了，我没有你的消息。一个丈夫失去了妻子的消息，那将会如何的焦急和不安呢？我深深地感到累了，不过工作、学习、义务劳动消耗了大量的精力和体力，可以前也是这样，却并不如现在这样疲倦。精神上的折磨使我彻底累了，什么也不想干，我是那样的软弱，无法抑制住伤心的情绪，沮丧像毒蛇一样吞噬了我。或许过两天我会重新挺起来，不过现在，我是十分软弱的。

亲爱的，我的爱妻，我不知道妻为什么不给丈夫来信。丈夫已经苦苦等了三天，这三天可以说耗去了我一个月以上的精力，精神上的重负使丈夫累了。前

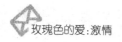

玫瑰色的爱:激情

一次诸城之事,丈夫尚能忍受,因为知道为什么不来信。这一次在分离的思恋达到高峰的时候,却突然断了音信,丈夫一时忍受不了这骤然的一击。这一击几乎使丈夫昏过去,险些撑不住。今天夜里给妻写信,是用酒刺激才有气力拿笔。我不知有什么令人不能容忍的错误,使妻一连八天不给丈夫写信。妻温柔体贴的话语余音未消,却平天一声霹雳,没有音信了。丈夫多怕妻出意外啊,丈夫也怕妻生病了。丈夫不知怎样想才妥当,也不知怎样才能得到妻的音信。诸城尚可打电话,这一次连电话也不能打了,因为不知妻在哪儿,丈夫今天是第六封信了,按正常的情况起码应收到妻三封信了。如果妻能收到丈夫的信,可以想象妻是满意的,可是丈夫呢?信都如黄鹤一样杳无踪迹。妻子对丈夫不用说温柔的安慰了,连一记响亮的耳光也没有。昨夜一夜辗转,不能成眠,临天明前一连做了收到妻三封信的好梦。下班归来,说给妻听,不料月荟竟说可能得不到回信了,理由是梦里都是

272

相反的,真哭笑不得呀!丈夫又想可能妻要使丈夫惊喜一下吧,月荟也附和,但丈夫虽伤情,理智尚清醒,妻绝无提前归来的可能,心里更没有了主张。或者爱妻又托人捎信,可妻想快把信捎来,每一次都是个最天才收到信。妻可跑一趟邮局,丈夫几乎发疯了。

　　说来说去,丈夫苦不堪言。我亲爱的妻,你看到这一封信里痛苦的呻吟,能在一边笑我吗?我没有笑过别人,但也知被别人笑的痛苦。丈夫空有健壮的体格和健全的思维,却落得现在这样的欲哭无泪、欲悲无声的可怜处境,我不明白,以我们夫妇的爱情之深厚,怎么会使丈夫这样难以度日。莫非妻用这种方法来迫使丈夫就范,臣服于你,不会吧?丈夫的秉性妻自了解,丈夫性情高傲,从不低头。受不得半点的轻视,也不会做有损人格的事。丈夫只知没有什么比平等更可珍贵的了,它是爱情、友情及和一切人之间相处的准则和基础,妻不会以此来使丈夫就范的。但这种不来信又为什么呢?丈夫相信妻的爱情,相信妻的

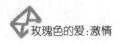

为人,相信妻的通情达理和善良,可不来信究竟为哪般?丈夫百思不得其解。我亲爱的妻呀,有你的信,你即使远在天边,也近在咫尺,心连在一起。可现在,你离丈夫是那样的遥远,丈夫感觉不到妻子的心的跳动。亲爱的妻呀,丈夫全身无力了。

亲爱的,我不知你还愿意不愿意吻吻你的丈夫,抱抱你亲爱的丈夫。

不知如何是好的丈夫　毅

1982年4月23日

1982年

1982年4月24日

亲爱的芳：

今天回到家里，迫不及待地叫希希去信箱看有没有寄你的信。我不敢去，我怕亲眼看到你没有信来，让失望咬着丈夫的心。我战栗地等着小弟回来。我可爱的小弟跑得满脸通红地进来，高声大嚷"芳姐信来了"。丈夫的心立刻就融化了，亲爱的，你有什么样的魅力呀。我立刻感到精神上充实，力量又回到丈夫身上，丈夫又生气勃勃的了。我亲爱的妻呀，我世界上最好最好的小宝宝，丈夫沉浸在甜蜜的爱河中。亲爱的，丈夫只能再等今天一天了，明天丈夫可能就要疯了。丈夫这两天一天比一天痛苦，一天比一天委屈，一天比一天火气大。可是，亲爱的，丈夫一看到妻的信，好像听到妻娇柔的话，知道妻也在为分离而难

275

爱,丈夫的火气、委屈、痛苦都化作汹涌澎湃的爱河。丈夫觉得自己是一个世界上最幸福的男子,一个最有福气的丈夫——有这样好的妻子,一个最自豪的人。我的小娇娇,我现在恨不能抱着你,狠狠地抱着你,狠狠地吻你,吻遍你全身,咬你那娇小的嘴唇,我要吻你全身,吻得你遍体酥软,吻得你把一切烦恼忘掉,吻得你心里乐开了花。亲爱的,我们重逢的日子屈指可数了。我一天比一天地激动,我不敢想我们重逢的时候是一个什么样恩爱的情景。二十六天,每一分钟都使丈夫对妻的爱增加一分,亲爱的,重逢之日郁结的爱会像火山一样地爆发啊。两颗火热的心在一起剧烈地跳动,两团火合在一起燃烧,两个血肉之躯在一起,化为一体。亲爱的,丈夫现在性欲极强,绝不会让你失望的。亲爱的,你很留恋我们热恋时的生活,这是可以理解的。亲爱的,你说我在婚前爱是那样强烈,婚后有些平淡了。亲爱的,丈夫不这样看,丈夫认为有几件事你没有考虑。先说性生活,我的小娇娇。你想一想我们每一次会面都是别无他事，只为爱而来的。那几天生活集中起来爱，把我们都结的爱释放出来。那是养料蓄锐数月而鱼水欢于一时，故至倍觉甜蜜，幸福，犹如大旱盼雨露，我们都感到十分满足，十分畅意。而婚后，特别是倒雾的新婚，丈夫身体正虚弱，又害酒，人说酒醉如大病一场。大病一场要恢复是很不容易的，所以就未能满足你的要求。另外这倒雾的新婚又恰是性欲最低的时候，身体不好，性欲又处在低潮期，而且又都天天上班，所以总觉得不如婚前那样尽意。那几天丈夫又要去工作，又要上班大，精力分散，也略有冷落你之感，丈夫心里十分难过。本来没给温柔的妻爱抚的时间，却被学习召去了。待丈夫来爱抚妻时，妻梦中醒来，情尚未出来，一朝云雨，丈夫已自昏昏睡去，妻的性欲又上来了，这使妻心里好难受。我多情的宝宝，我善良体贴的妻呀，你不忍惊醒丈夫的梦，自己默默忍受了。我的妻呀，丈夫不能满足妻的要求，没有尽到责任，丈夫真

想抱着你我的好妻子大哭一声。丈夫要用十倍二十倍的爱来补偿丈夫的罪过。亲爱的,从感情方面说,丈夫认为,从这一次分别的体会来看,丈夫觉得此时的爱比恋爱时更要深沉和热烈。记得即使热恋时,一星期通一次信是常事,十数天不来信也觉得不怎么样。而这一次丈夫连一天也不能等,两天就怒火冲天,惶惶不可终日。你瞧,丈夫现在是一天一信,一直到亲爱的妻回到丈夫的怀抱里来。丈夫已经决定,人生苦短,感情深长。丈夫每天回来就陪我的爱妻,我的好姑娘,我的小娇娘,亲爱的,你这一次回来,就会感觉到丈夫强健的身体和炽热的爱。丈夫会使你满足的,丈夫会使你幸福、欢快的。亲爱的,为了迎接这个使人陶醉的时候的到来,丈夫支持你去戴环,不要不好意思。只是最好有人陪同,不要那些医生里有坏人,见你漂亮而起歹意。亲爱的,丈夫绝不让你伤心,一定加倍地爱你。我一定用我全部的生命、热情、力气来爱你,亲爱的,全部。

278

亲爱的,喜欢孩子是少妇婚后第一个心理变化。婚后的少妇一想起要做小母亲了,那甜蜜的感觉是难以言说的。这里有多少爱,多少温柔,真难以说清楚。亲爱的,你上自修大学的事考虑的如何?如果你想上,孩子可晚一点儿要。如果你急着要孩子也能坚持学习,那我们明年开春时就要孩子。我们在三四月份春暖花开,春性萌动时要。亲爱的,让我们甘甜的爱结出一个硕果来。我亲爱的妻,丈夫让你生个娃娃,生个宝宝。生了宝宝,就不叫你宝宝了,你不会妒忌吧?

　　亲爱的,晚上九点多小余送东西来,还有你一封信,我真高兴。亲爱的,东西都存在那儿,等你回来再说吧。妈也出差了。亲爱的,东西里有一双白球鞋不知是谁的。亲爱的,给月荟买点东西,我已告诉她,你给她买了东西,放在你那儿了,买的什么我没说,不要忘了。

　　亲爱的,我们要天天写信,如果不写信,我们彼此都受不了。亲爱的,我可能4月29日去秦皇,组织团

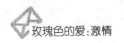
员青年去爬泰山。5月1日你在临沂,我是去不去呢?如果去就是1号下山后坐车直奔潍坊,晚上到临沂住一夜,第二天早上再赶回曲阜归队回亳州。这样我们两人或许对剩下的十几天就觉得容易熬了。亲爱的,如果我去就去,不去也就是不去了。不要当回事。这事只能最后定。如果大家认为我不能离开队伍,那只好再熬十几天再见面。

亲爱的,我最好最好的妻呀,丈夫几天来的痛苦一扫而空,亲爱的,我的娇娇,小亲亲,小宝宝。我要狠狠地咬你,紧紧地拥抱你,把你抱得喘不过气来。我要咬你的小乳头,亲亲你。

你喜悦的丈夫　毅

1982年4月24日

1982年4月26日

亲爱的芳:

　　我亲爱的妻呀, 我多想你啊。现在丈夫只要愣神, 你准出现, 你脉脉含情的大眼睛老是那样深情地看着我, 叫我心驰神往; 你润美的体态老是像电子上的唇印镜头一样在我脑海中闪现, 丈夫似乎闻到那甜蜜的、叫丈夫陶醉的芳香, 亲爱的, 你柔嫩的肌肤又使丈夫浑身发热, 急切地想偎贴在妻的身上, 享受妻温柔的爱抚, 没想到还有几天就要见面了, 真真切切地拥抱亲吻爱抚了, 那思恋的心情更加强烈、更加急切了。丈夫心摇意动, 神不守舍, 老是盼望听到那送丈夫到亲爱的妻甜香的怀抱里的车轮的辘辘声。我的娇娇, 丈夫已定于30日上午7点乘306次车去泰安, 下午登山, 晚上山头借宿, 1日早晨下山, 争取中午坐火车, 我晚上

玫瑰色的爱:激情

就可到临沂了,就可以投到妻温暖的怀抱,接受妻甜蜜的吻了。亲爱的,丈夫能去看你,心里别提多高兴了,我真想大吼一声,以泄出兴奋之情。亲爱的,你多幸运,知道能相会,过两天就成现实,我还要熬最后几天。

亲爱的,丈夫一漏嘴,又惹得你掉泪,我亲爱的妻呀,看到你因丈夫的腰受小伤而伤心掉泪,丈夫不由得热泪盈眶,你是个知疼知热的好妻子、好宝宝,丈夫的保护神。我的娇娇,丈夫早已好了,请我的娘子不必介意。我一定为妻保护好自己,珍惜妻的这个私有财产。

亲爱的,自考大学之事有何难哉,竟吓退杨、孙、李之辈,又不要考试,买了书进取心强就多学,弱就少学,又不是自修大学规定自学考试,国家每年可能考一次,你想考就考,觉得把握不大就算了。这可见你因学习一事反而阻力大大,姑娘们怕没面子,怕人笑故不敢怎样。这些人竟如此受人摆布,受别人意志的控制,是一些弱者。你可再动员,学总比不学强,有学皆可上。失此良机而不悔,却悔于和某人吵架,某

282

人不和。丈夫可以为你学习助一臂之力。亲爱的,你想要宝宝之心如此急切,叫丈夫心里甜得似蜜,要的是我们孩子呀! 我们的! 你这个多情的温柔的小丫头,想做母亲了,想让人喊妈妈了,哈哈,你这个骄傲的小姑娘,好,丈夫以后让你生个大宝宝,生个娇宝宝、甜宝宝。亲爱的,不怕的,即便要孩子,你也能坚持学下去的。我的宝宝,我很欣赏你的脾气,确定是不同凡响,丈夫没有看错你,你这外柔内刚的小娇娇! 什么事都是人干出来的,别人能干的,我也能干! 请你转告诸君,没有办不成的事,没有解决不了的问题,没有克服不了的困难,就像没有爬不上去的山一样。关键要有自信心,不要自卑,要相信自己的力量,相信自己的勇气和毅力。人生几搏,拼搏在贵团似乎只是一个名词而无实际的内容,青年人要敢字当头! 为什么不在这上面占上风呢,而于蝇头小事比高低呢。一件小事可以无论如何分一高低,吵得贼死,何不把凛凛雄风用于此大道也! 归人之心,莫仅于此也?

283

亲爱的,得知你和任何人都接近,我的小娇娇,可以说我们真诚热烈的爱不但把你心底积蕴的精神释放出来,施于你亲爱的丈夫,而且善施于人了,丈夫此时真想狠狠地抱着你,使劲地吻你。对!人就要兼爱,当然兼爱要有策略。一向自诩老练的吴红赞卿曰:"办事很有手段。"可见卿策略运用很圆熟。我们的爱结出如此硕果,对卿今后的前程的意义不可估量。再加上自修大学中文专业,可望卿在今后会举大任而挑大梁也!你的光明的未来不可限量。听丈夫的话,不要畏难,努力学习,五年后卿当谢丈夫的远见卓识。

爸爸那儿无须再写信,一信已足矣,待回家后再说。亲爱的,今天妈回来,丈夫让她试鞋,妈心里十分高兴。你真好,进入我家,上下都赞妻的贤淑。有古诗一首赠卿:"桃之夭夭,灼灼其华,之子于归,宜其室家。"①这本是3000年前古人对新婚女子的祝福,祝福

---

①　该句出自《桃夭》,是一首贺新娘的诗。诗人看见春天柔嫩的柳枝和鲜艳的桃花,联想到新娘的年轻貌美。

女子嫁到夫家，使夫家受益，全家和谐。亲爱的，你也是这样一个美好灼灼相依的好姑娘，宜夫之家。

亲爱的，丈夫星期天没有休息，未去卿家。星期三（28日）晚去卿家告诉他们丈夫要来看阿芳。另外让老人看看丈夫一切均好，顺便将卿之物送去。爸爸的东西以后再说，不要买了。亲爱的，你又发烧了，丈夫如在身旁，可尽我的一切减轻爱妻的痛苦。哎！丈夫苦于无法用爱抚、拥抱和令人销魂的结合使妻忘却感冒的不适。亲爱的，丈夫明天再发一封信，让你一直到和丈夫见面都有丈夫的信看。亲爱的，我千娇百媚的妻呀，我全身心都浸在即将到来的相会的激动喜悦中，天天晚上不能睡安稳觉了，不用说情欲也极好！亲爱的，你这个大坏丫头，丈夫都急死了，亲爱的，我再狠狠地咬你……

你的丈夫　毅

1982年4月26日

1982年4月27日

亲爱的芳：

　　我亲爱的妻，今天下班走在郊外的小路上，猛然感到脸上柔柔的几丝痒意，不觉放眼望去，只见天上紫紫柳棉飘飘而来，迤迤漫漫、绵绵缠缠。丈夫立刻想到亲爱的妻子，丈夫的怨情就如这紫紫漫漫的柳棉一样，弥弥漫漫，无边无际。亲爱的，丈夫把春天的柳絮比作丈夫弥弥扬扬的深情，可是这绵软的柳絮，多像妻的柔情呀！亲爱的，这多像妻温柔的偎贴和爱抚呀！我的宝宝，丈夫还要苦挨三天才能见到你。三天，我们在一起的时候是那样快地逝去，而现在似乎不走了。莫非我乘上了光子火箭，以光速飞行，因此时间流逝得慢了！不！丈夫仍在书桌前奋笔疾书，倾诉丈夫的苦情。问题是急煎之欲见爱妻的心情太急

286

跑了。这种心情可以用高于光速的速度发泄，而时间，该死的时间都变慢了。我真想蒙头睡三天，一睁开眼就看到了你。愿立刻变成现实，废话变成现实。这需要多少痛苦的煎熬啊！亲爱的，多么想立刻就拥抱你、亲吻你，使你幸福、愉快呀！

我好心肠的娇娇，丈夫今晚下课后去卿家探视二老，二老俱安好。母已上床，和父座谈很长时间。丈夫只是不断地谈到你，谈到丈夫亲爱的妻子，谈到要看你，爬泰山等等。因上课不便，故而未能把东西捎去。亲爱的，丈夫在卿家，思卿之心溢于言表，丈夫情不自禁，和别人说一声我的爱人，似乎也是个安慰。父很支持你上自修大学，你就下决心学吧。淑芋姐也想叫易齐学。你亦想告知敬多子径，报名自学。据了解，该大学已有报名者十万人之多，可见盛况空前，不可坐失良机。机不可失，时不我待！

今天满心以为妻要来信，没接到信不免快快。然而考虑要卸妆后才能写信，丈夫又理解妻的难处，妻

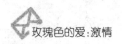

不善熬夜呀。亲爱的，丈夫自有排解之法，偶尔翻出婚前丈夫给你的信，准备回顾一下，以度今宵。

亲爱的，丈夫已在收拾行装。校党委郑重地把组织工作交给了我，泰山之行势在必行，去岳那儿欢聚也最后定下来了。亲爱的，为了这一次的重逢不被虚度，你设法找一旅馆租一个房间，价钱要适中，不必太高级。想一想我们在娭娭家，何等条件亦成良宵。你如不善办理，小金子曾办过此事，可委托他代办（悄悄地对他说）。亲爱的，丈夫要紧紧拥抱你，热烈地吻你。

亲爱的，你要是看到丈夫健美的身躯，请抚摸它、偎贴它，它会非常高兴的。

你亲爱的丈夫　毅

1982年4月27日

1982年5月3日

亲爱的芳:

　　我的爱妻,丈夫下午5时上车,晚10时到达济南,济南中转签乘10时15分的155次快车,遭签字处的济南姑娘习难,155次未乘上。她给我写了3日早晨8时的307次列车,我勃然大怒,心想我若不是赶回去上班,何不和我的爱妻共度良宵?后我找到客运值班室,好歹签了127次快车,凌晨2时30分上车,7时平安到达亳州,直接乘汽车去上班,到给爱妻写信,已是晚上8时30分。

　　亲爱的,丈夫在火车上一直想着你,想着我们深厚的爱。丈夫至此尽管已经3天3夜未睡一个安稳觉,嘴全都干起了皮,眼窝深陷,腹中沙滚油煎,但一想起和爱妻在一起度过的那令人神往的几个小时,丈

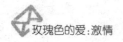

夫心里很满足、很幸福。尽管丈夫来也匆匆,去也匆匆,但爱妻温馨的爱情使丈夫顿忘疲惫,丈夫累死困死也高兴。看到爱妻在丈夫怀里兴奋地有如桃花样鲜美的面庞,看到爱妻在丈夫怀里欢乐而又调皮的神态,丈夫心里涌出一股股柔情,恨不能把妻紧紧地抱住,化进我的身体。丈夫恨不得把自己变成妻爱吃的点心,让妻吞下去。丈夫从而使妻高兴了,爱妻脉脉含情的大眼睛里有多少柔情啊!亲爱的,丈夫爱你爱得不知如何是好。虽然事业使我们忍痛分手,但事实在证明我们爱得是多么深呀!

回家来,爸爸在家等我,要看看大儿子。丈夫很感动。老两口儿去卿家看望,得知了丈夫去妻处的消息,好在他们没说什么。我向爸爸汇报了你在团的工作和思想状况,爸爸很满意。爸爸把你的信带回来,给妈妈、月荟看了,你现在是大家爱的孩子了。你给月荟的钱包,月荟很高兴。大家都问你的情况,我讲了一下,说你再过半月就可回家,大家都很高兴。

1982年

　　亲爱的,丈夫现在疲惫至极,头如斗大,得赶快休息了。丈夫怕妻心里挂念,咬牙写信,以慰妻心。亲爱的,你也来信慰问丈夫呀。妻呀,你记得丈夫抱着你时说的肺腑之言吗?你是丈夫的爱妻,丈夫有你这样美丽、贤淑的好妻子,今世无争矣!丈夫心满意足,自豪得不得了。亲爱的,我的好妻子、好宝宝、好娇娇,丈夫紧紧地拥抱你,深情地吻你,丈夫使你欢乐愉快。亲爱的,丈夫现在累了,亲爱的,我们吻别吧。

你深深爱着你的丈夫　毅

1982年5月3日晚上

1982年6月6日

峰毅:

　　夫啊！为妻此时的心情同你一样,屈指计算着分分秒秒,同样受着相见前夕痛苦的煎熬。有时从睡梦中醒来,多么渴望着你的爱抚、拥抱,看到如此这般光景,不由得双泪俱下,痛煞人也！我天天等啊,盼啊,巴望着书信到来,也好暂时平息一下我的情绪。今天终于收到家书,我激动的心情真是无法来形容。亲爱的,我们夫妻长时期的分离,从感情上说是受不了的,但为了双方的事业前途,我们必须理智一点儿,儿女情长看到你是这样坚定地支持我的事业,我感到莫大的幸福,暂别后的相聚是最令人感到幸福,快活的。

　　到了涟水后,每天两场戏,闲下来的时候大家都到市场上去买鸡蛋、买鸡,搞得我们筋疲力尽。虽满载而归,不过也有一空,钱袋都空了。我不会买东西,需买什么由伙房王师傅帮我买,我买了一只大公鸡,模样可漂亮了,谁见了谁夸,可是第二天几个调皮的男生,拿我的鸡跟别的鸡斗架,真残忍,我心痛得眼泪都出来了(别人没看见),忍不住我对他们板起脸来了,他们知道理亏,一个个灰溜溜地走了。不过你不要担心,我可不是真的生气,只不过吓唬吓唬他们。我在外没买什么,零食也没买,还算是节约的,就现在手里还有三十多块钱,我打算回来时,把你给我的钱存着,剩下的钱全部交家里好吗?我们弄得好的话,可能还要再发二十块钱呢。

在涟水我和周晓鸥救了一次急,有位老师嗓子突然哑了,领导临时决定让我和小周演《汾河湾》①,

---

① 《汾河湾》是一出生与旦的对儿戏,唱、做都很吃功夫。薛仁贵与柳氏见面后的"家住绛州县龙门"大段唱腔,非常动听而极见演员功力。据说,当年谭鑫培在这段唱中博得不断的掌声,后来奚啸伯唱这一段时咬字清、韵味厚,也很为人所称道。

跟我们说时已是晚上九点多,台上正演着戏呢。小周还在台上,让我们第二天白天演出,除了睡觉只有几个小时的复习时间,而且乐队跟我们又不熟,我急得像热锅上的蚂蚁似的。脑子也晕了,等演完了戏,我先和小周对戏,对完已是深夜十二点多了。第二天的演出就像考试一样,还好演出时我一点儿也不慌,虽然有点生,但总算是顺利地演下来了。全团的反应还是不错的,都说我有了显著的进步,无论是表演、唱腔、身段,都有进步。我下来后,虚心地征求各位老师的意见,他(她)们看到我态度是这样的认真,毫不留情地指出不足,第二天的演出中,就比第一天进了一步。许多人都是从头到尾地观看。小杨说我的扮相真漂亮,像外国洋娃娃似的。总之各方面反应都很好,说到底是省戏校上过学的,与从前就是不同。一上台就有舞台风度……听到这些评价我真有说不出的高兴,要知道剧团的人不会轻易吐出个"好"字的。尽管如此我的态度还是很虚心的。

1982 年

　　团长在会上告诉大家，明年出发五个月只是个计划，别说大家不乐意，就是领导本人也受不了长时期在外奔波，他让大家放心，领导一定会妥善地安排出发日程和时间。我们这次演出十号结束，十一号返亳，先坐汽车而后转火车，到亳时间大概中午十二时左右。你若没时间就不必来接我了，我尽量轻装，行李跟汽车走，一直拉到会堂，到亳后再抽空去取就行了。

　　有人要回亳，匆匆写上几笔。

　　相会的日子即将到来，到那时我们再互诉衷肠吧！

　　紧紧地拥抱你，吻你！

　　代向父母、妹、弟问好！

芳

1982年6月6日开戏前

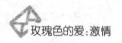

1982年9月21日

亲爱的芳：

　　为了星期六晚上能洗上澡，我把校值班改在星期三，今天值班，回到家已经11点多了。可丈夫心里想你，不由自主地又趴在桌前，给远方的妻子写信。

　　亲爱的，你的信怎么还没有来呢？丈夫算点今天来信，一整天心不在焉。以前也是这样，每次觉得你要来信，都不由自主地跑回家，急切地看看你的信，了解妻在远方的情形。我上班也苦于奔波，一往市里跑，什么事都不能干了，可是好像有一只无形的手，把丈夫抓了回来，身不由己地奔向家里，急切地奔向信箱，期望立刻看到妻熟悉的笔迹。我亲爱的妻，你是我的灵魂，你主宰了我的行动，我的理智控制不住自己的行动，就像今天我半夜摸黑疯狂地奔回家一样。其实大可不必回家，在校住一夜也便可休息，可是人的感情是不能抵抗的，这儿是我们的家，每天晚上我躺在床上，这床是我亲爱的妻子睡过的床，这是有我妻子的气息的被窝啊！这对伤情的丈夫，在心理上多少是一个安慰，所以丈夫不顾夜里路静，不顾农家的狗狂吠追咬，像被恶魔驱使一样，疯狂地奔回家。亲爱的，你知道丈夫在路上想什么吗？丈夫这几日劳顿，扁桃体隐隐作痛，好像一把钝刀子在割，我就想天哪，要有个人截路多好，我可以奋力痛打他一顿，发泄一番，或者他用刀刺我，使我感觉到流血的畅快，而流血就会使我亲爱的妻子立刻回到丈夫身边呀！一路昏昏沉沉，待到门前，心里又浮起幻想，我多么希望妻在灯光下等待丈夫的那天来呀！那窗口的灯光在闪烁，微微红光好似妻面庞上的红晕。可是冷酷的现实击碎了我一切的梦想，上帝呀，你的能力跑到哪儿去了啊？

　　我的小娇娇，丈夫已把北京语言文学自修大学

的详细报道抄下来了,供你参考。我准备等你信来即给你报名。自修大学,报名不论任何条件,只要写清地址、姓名,寄去15元钱,一年半的费用既可。中途不退学,不增收学员。3年制,估计费用30元。每月寄来一册《讲座》,约16.5万字,全是语言文学权威编的。学八门课,有中国古典文学、古代汉语、中国现代文学、中国当代文学、现代汉语、外国文学、文学理论、写作知识入门课。每门课半年公布一次自测试题,答案在下一期《讲座》中刊登。3年后可以具备参加国家规定的高等教育自学考试的水平,及格者取得大学同等学历(大专)。这是一个好时机,我希望妻能同意报名自学,且费用也不多。夫妻在学,真是一桩美事,就是你出发在外,也不影响学习,学习时间更充足,这比闲聊好得多,也不会有虚度光阴之感。亲爱的,李剑、张春华等都很喜欢语言文学,李剑曾有意要学,何不趁此机会让她们也报名,以后你们一起学习、讨论,也是出发在外的一项很丰富的生活内容。回来后,可以邀她们一起来，共同磋商难事，学懂弄通。报名地址为北京地质出版社《讲座》办公室，直接邮汇就行，不需写信，地址和姓名写清楚就行了。亲爱的，你报名由丈夫来办，报名到5月底，过了这个时间，积极也没用。况且，买这一套书也很有用，很有价值。

亲爱的，我有时真想去死，省得这么折磨人。我想你想得那么厉害，真觉得有点撑不住劲。你这个鬼丫头，可把我害苦了。每逢接不到你的信时，我就怕你生气，犯小孩子脾气。我总觉得你是小姑娘，有时任性得很，不体谅丈夫思恋的痛苦。一想到这儿，我就要屈得喘不过气来。丈夫在家痛不欲生，你还故意憋我。一想起你那封信上的话，丈夫背上就一阵阵发麻。你吓唬我，"看谁能憋过谁"，你这个狠心的丫头，怎么能在丈夫流血的心上再插刀呢？丈夫从来没有故意不给妻去信，想都没想过，只是一腔热情，苦苦地思恋。每次接信，唯恐丈夫信去晚了，妻心里不好受，可从来没有萌生过憋一憋妻的想法。丈夫心太软了，总怕

别人难过,怕别人痛苦,所以总是一团火地包着别人,使别人感觉到温暖。我的妻呀,你想一想我们3年通信的历史,丈夫有一次是出于憋一憋妻而不写信吗?亲爱的,我明知你体贴丈夫的,可在没接到信时,又不能不这样想。这都怪你,初恋时故意数月不来信,而后又几次赌气不写信给我,这使我印象很深,这一次你又在信中吓唬我。可怜的丈夫,痛苦、难受又不被理解。爱得深,想得就多。一时接不到信,就心情沮丧,难以自制。亲爱的,我现在狂热的脑子已经降温了,可哀怨之语已写在纸上,随它去吧,但愿不要引起你的不快。真的赌气憋憋丈夫,那丈夫只有死路一条了。我亲爱的妻啊,没有你的信,我没法活下去,我觉得身上的勃勃生气,一泄而光,顿时暮暮沉沉,萎靡不振。亲爱的,我的小宝宝,你的信怎么还不来呢?亲爱的,吻吻我吧,抱抱我,哄哄你心爱的小丈夫吧!

你悲伤的丈夫 毅

1982年9月21日

1982年9月27日

亲爱的芳芳：

　　你这个小调皮，如此捉弄我。当列车缓缓地从我面前滑过，在等待那坐着你的车厢过来的时候，我猜想你可能会像电影上常见的月台送别的场面里的姑娘那样，从车窗探出身来，手里拿着？对了，手绢！向我招手，以构成"壮观"的画面。然而我看到的是几个姑娘，挤在车门的模糊的窗口前，兴奋地跳着笑着。欢闹中飞出一声清脆的"峰毅"！呵，我明白了，会心的微笑从我嘴角荡漾开去，不由自主地摇了摇头。你没看见，是不是？真的，我真担心你会从车顶跳出去。亲爱的，即使调皮也流露出你的天真、淳朴。

　　列车缓缓地开动的时候，我的心好像被什么东西猛地一撞，一种调怅弥漫开来，笼罩着我的全身。

301

你走了！不过，不要紧的。我们是80年代的新一代,尽管"文革"给我们的心灵留下了创伤,尽管有些人一提起我们这一代就摇头，但我们正在用自己的双手创造自己美好的生活，我们用扎实的行动在这个世界打下我们的印记。鲁迅先生说得对:人只有生活,爱情才有美丽。我们不是为爱情而爱情,爱情只是我们丰富生活的一部分。所以纤弱的无病呻吟一样地沉湎在感情的缠绵中,不是我们应该采取的态度。你还记得吗? 我在你面前是那样"放肆"地攻击现在的小说里关于爱情的描写。为什么呢? 就因为这些都表现了一种马克思和恩格斯一再痛斥的女人般的软弱。请允许我用"女人"这个词,这自然是专指无病呻吟软弱的女人。亲爱的,我们这个时代是需要刚勇的斗士的时代,时代的精神就是坚韧不拔的、奋力向上的精神。所以我多少次在你面前大声疾呼,我们需要"当代英雄",可惜我们的文学家只注意被社会动乱扭曲的变形的人，而不注意在动乱中崛起的当代英

302

雄,而他们才是我们的未来。我们爱情的基础还是对各自事业的支持,而这种支持又是生长在对美好生活的共同追求上。因此当事业需要我们暂时分手时,正是我们对生活追求的一种方式,正像我们在一起朝夕相处,探索深奥的人生,确定前进的方向一样。亲爱的,在这种时刻,感伤的情绪只是暂时的(没有也不现实,根据心理学,潜意识中总是若有所失,俗话说闪了一下即是),奋力向上生气勃勃才是应有的情绪,值得庆幸的是,我们都做到了这一点,不是吗?会心的微笑,欢腾的跳跃,不正是这种情绪的自然流露吗?

我迟了两天才给你写信,主要是怕潜意识中的感伤情绪从笔下流出,影响你工作学习的情绪。在没有"敢遣春温上笔端"①的把握的时候,我不敢动笔。

---

① 该句出自《亥年残秋偶作》,作者鲁迅。原文:曾惊秋肃临天下,敢遣春温上笔端。尘海苍茫沉百感,金风萧瑟走千官。老归大泽菰蒲尽,梦坠空云齿发寒。竦听荒鸡偏阒寂,起看星斗正阑干。

有时自己是控制不住笔的,托尔斯泰写《安娜·卡列尼娜》,把她的死写得那样残酷,据托老先生讲,这不是他所希望的。这也就是所谓形象大于思维。现在,我可以给你吹一阵温馨的春风了。

虽然我现在长得脚后跟砸后脑勺,但抽空考虑了一下你的工作。我以为,你现在要做两件事,一是扎实基本功,其中最主要的一个是形体训练和声气训练,此所谓技巧训练;另一个是戏剧理论学习,世界三大戏剧流派①你有两派的学习资料,虽说梅兰芳被公认融合了布莱希特和斯坦尼斯拉夫斯基两派的优点自成一派,但布氏和斯氏的书还要读。基本功练好了,妙处无穷,胡芝风最近写文章就谈到了扎实基本功的重要性。二是提高文学素养,培养观察力,以提高塑造性格的能力,要做有性格演员!这两件事能

---

① 世界戏剧三大表演体系即分别以斯坦尼斯拉夫斯基*(Konstantin Stanislavsky,苏联戏剧家),布莱希特*(Bertolt Brecht,德国戏剧家),梅兰芳*为代表的三种表演体系。

1982年

解决得比较好，就要开阔视野，把眼光向古今中外洒
开去，向活生生的社会洒开去。自然这是后话，我是
个不通戏剧的外行，说来惭愧，对京剧也不甚爱好，
可能因为了解得太少吧。但我希望京剧能重新吸引
我，所以提以上想法让你参考。

人与人的关系最难处，但人必须在人中间才能
生活，才能有所作为。把一个人扔在杳无人烟的旷
野，不但没有人的生活，甚至思维也会退化。印度的
狼孩、我们被掳去日本逃进深山十九年的刘君就是
明证。任何事业都是人的事业，同时又是集体的事
业，单个人在事业问题上是无能为力的，红花还要绿
叶扶。有些小说描写一些科学家似乎不食人间烟火，
不和人打交道就做出了事业，是非常片面的。因此，
事业要靠集体的力量、靠众人的力量才能成功。你平
素不善和人交谈，不善接触，这里有好的一面，不参
与人与人关系中令人厌恶的庸俗的事，这无疑是正
确的。但爸爸语重心长的赠言是大有意味的："水至

305

清则无鱼，人至察则无徒。"人总是有这样那样的缺点的，我们要学会容忍别人的缺点，就像别人容忍我们的缺点一样。关键在于要满腔热情地对待别人，关心别人，这也正是我们热爱生活的一个重要的内容。俄国大思想家、大美学家车尔尼雪夫斯基说："美就是生活。"生活中最美好的是人。古往今来，多少人赞叹人的伟大，人的光荣。人是自然界中最美丽的生物，于是就有了维纳斯的神像，有了大卫的雄姿。人又是世界上最有智慧的，于是就有佛罗伦萨的伟大诗人的《神曲》①、莎士比亚的戏剧、马克思的社会理论、爱因斯坦关于物质和谐结构的宏伟设想，等等。我们热爱生活，能不爱大自然的骄子、宇宙的骄傲——人吗？是的，我们会爱的，也正在这样做。当然，要讲究爱的艺术，这样才不会是廉价的施舍，而

---

① 《神曲》，意大利诗人阿利盖利·但丁的长诗，写于1307年至1321年。这部作品通过作者与地狱、炼狱及天堂中各种著名人物的对话，从中可隐约窥见文艺复兴时期人文主义思想的曙光。

是心底热泉的涌流。

　　亲爱的，先瞎扯了，我们还没有说悄悄话呢。当我苦苦思索、安排讲述的逻辑顺序、选择精当的例子、头脑发胀的时候，眼前就浮现你那闪烁着无数小金星的大眼睛，那里面含有多少柔情啊！当我彻夜攻读的时候，耳畔似乎响起你欢乐的笑声。当我拖着疲惫的步子下班回家的时候，你似乎正在我面前欢快地跑着。你不要笑我傻，有时走到一个拐角，总感觉你像往常那样笑盈盈地姗姗走来。当然这种是想你，但这说明你无时无刻不在伴随我，不论我是兴奋、颓唐、泄气、愤怒……亲爱的，人生也有涯，"此情绵绵无绝期"。

　　你有股拼劲，我担心你不知休息。但愿这只是我的猜想。四十天后，你要情绪饱满、身体健康愉快地归来，倘有不妥当心我罚你。

　　亲爱的，你能吻吻我吗？

　　田菲说老刘给你妈一百元钱，果有此事吗？有时

间就回信。

永远忠实你的峰毅

1982年9月27日凌晨

*斯坦尼斯拉夫斯基

*布莱希特

*梅兰芳

1982年10月20日

峰毅：

　　十九日凌晨，全团人都在紧张地打背包，整理东西，小余匆忙跑来说是东西已送到，太巧了，如若再晚点儿，我们就走了，东西也就要原封不动地带回亳州。我迫不及待地打开提包，急忙找到你的信，而后得知你准备赴泰安，我俩一同前往泰山；我高兴得心脏险些跳出来了。不管我团安排什么时候爬山，你还是按你订的计划行事，我等着你的到来。我打算爬两次，明天与小石、小郭、周晓鸥、小金子等人一同去。星期六，他们再奉陪你我一同前往。晚上爬最合适，爬到山顶正好看日出。

　　吃到你给我带的点心，真是甜上加甜，花生我拿出分给大家吃了，点心也拿出一点儿给小石、孙燕她

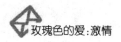

们。对了,你来时千万不要忘记带球鞋。登山是不能穿皮鞋的。

我们大概十一月中旬返亳,休息、排戏然后十二月中或下旬去涟水。元旦在外面过,回家过春节。这样一来打乱了我们的计划,不知双方父母对我团的安排有何反应?我们再考虑考虑吧。

暗自庆幸你奋斗数日习题集终于脱稿了,想必你又要消瘦下去了。我恨不得扑到你的怀里,用我的爱解除你的疲乏。亲爱的,为了你的脱稿,热烈地吻你。亲爱的,我都要嫉妒你了。你瞧我,再累、再苦还是保持终日大腹便便的,嘿,真是没办法。

亲爱的,我焦急地等着你的到来,这只是我的心愿。如果你要讲话或父母不赞同,你千万千万不要来,一定要尊重父母的意见。

愿每日我们都在梦中相会。热烈地吻你!

芳

1982年10月20日

310

1982年10月26日

亲爱的芳:

一直等你的信,信来了后,在大街上就迫不及待地读了起来。读了以后心里十分温暖,妻子的信充满了柔情蜜意。丈夫很感动。我愿意马上回信,免得你望眼欲穿地在等,可是又把笔放下了,我想让你大吃一惊,让你高兴得发疯,可惜因种种原因,只好赶紧给你写信,以免你挂念。我原想在26日晚动身,进京购书的各项准备工作都做好了,领导也批准了,只是校长说最好等我校办的一个训练班开课后再走,另外最好是考完试走(我在理论班学习,11月10日考试),这样我只得忍痛告诉你,我最快也只能11月11日以后到京,故而使你不但不大高兴,反而因信久不来而大动肝火。我的小宝宝,你能原谅我吗?

311

最近几十天，南来北往的，长得不亦乐乎。自北京回亳后，14日去南京购书架，而后偕表叔两次赴浙，很遗憾，小舅不在家，无奈只好实地摸了下橘子行情，了解了一下小舅的情况，当机立断，日驶兼程于19日赶回亳州。小舅果然不听我的指令，擅自将3000元还给季维财，而且他在亳时说江给季维财2500元，纯属谎话，所以他们欠季1800元。这样贷款的事一点儿希望也没有。我与表叔数次试探季维财，言及贷款事，季断然拒绝，看来帮助小舅做生意还3000元事已成泡影，故而我们火速回亳。我拿出200元，妈妈和易齐拿了800元，把1000元的款先还表叔，把事情缓了下来。现在只等大舅来，把他在亳州的竹篷销出，即可还上贷款。我在浙留一封长信给他，让他回家后火速来亳，岂料他10天尚无一丝消息，让人焦躁。20日上班，忙着订报刊，又受命为学校购钢材，几日奔波，不辱使命，搞了2吨平价钢材，使校方大为震惊，省了学校1500元左右。他们要给我提成，从政

312

治上着眼，我婉言谢绝了，使他们大为感动。这多亏了叔叔帮忙，还有几吨待过几天再说。

出差连放假，学校政治形势剧变，大大有利于我。我曾对你说（或许在亳时对你说的）我在入党问题上实际上是一场政治斗争，斗争的双方目前势均力敌，力量对比稍对我有利。我组织了一场政治围歼战，孙书记在这场攻势面前处于劣势，但尚有几道防线，需时间才能攻破、瓦解。当时我信心百倍，在我校这个小小的政治舞台上，导演这一场有声有色的话剧，准备殊死搏斗的到来，不料学校事态的发展大大有利于我，力量对比出现明显的转变，孙的防线不攻自破，而且他的威望也一落千丈，我由背水一战转为乘胜追击。我校教务处有三个发展对象，其一湘明已填过表，但因其忙于结婚，恰好学校放假，所以未能召开支部大会通过，事情拖了下来，然而由于他尚不老成，故而得意之时有点不检点，高傲无礼得罪了许多人，又因其才智平庸，讲课讲得不好，故有人在党

313

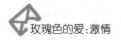

员会上说:"现在事事讲效益,我们不能发展一个讲课最差的教师入党。"因孙书记8日去扬州学习,11月10日方能回来,吴留话谁办此事,因其表现不佳,此事反成难事,一时难以通过。其二李某,我的团支部副书记,9月19日晚企图强奸我校职工之妻未遂,一时舆论哗然,此人尚不知是判刑还是行政处理,但有一点是肯定的,就是他入党,恐怕是10年20年以后再考虑的事了。这样,党委谁着要在知识分子中发展党员,大家把注意力转向了我。孙书记不在,支部扩大会一致同意我,支部向党委作了汇报。在这种情况下,我当然不适宜外出,所以也就同意了校长建议我11月10日以后再进京的主意。

现在的关键是我如何掌握这个有利形势,抓紧把事情办了。我看在关键时候要稳一点儿,要态度谦恭地办好此事,这样就好办了,不知你意下如何。如果顺利的话,下一次进京,我就将是一名共产党的预备党员了。

我有多少话要对你讲啊，可惜纸短笔拙写不完也道不出，待重逢时再话当年吧。

　　知你在努力学习，很是欣慰，但也不要被人唬住了。化妆固然需要多种知识和技术，但谁也不是学好这些技巧再学化妆的，都是边学边干嘛，时间短是个缺陷，但要争取在短时间内打好基础，准备进一步的发展。

　　风衣事，你视具体情况自办。我的意见，虽说电视台可能发，但毕竟不能让你今冬就穿上，还是先弄一件再说，皮棉鞋事亦是如此，总之你自己办。

　　照片如洗出来就寄来我看看。

　　亲爱的，最近我相当疲劳，待到北方后再在你怀里休息吧。现在我要一个劲地冲冲冲！

　　真的，你温香四溢的怀抱是我的归宿，是我在战斗疲倦后休息的地方，避风的港湾和伤心落泪取得同情的暖窝。老实告诉你，最近天天晚上上床连上身衣服都来不及脱就昏睡过去。

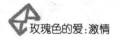

待这一阵子过去,战斗的间歇,再到你那儿休息吧。

亲爱的,我渴望你深情的吻和温暖的拥抱。我需要你的爱抚和同情的泪水以及鼓励我再战的抚摸。亲爱的,热烈地吻你,紧紧地拥抱你。

夫 毅

1982年10月26日凌晨

1982年12月20日

亲爱的芳:

　　星期三夜里吻别你,登上了南下的火车,车上拥挤不堪,在车轮有节奏的滚动声中,我的心一阵阵地隐痛。分手前我们欢声不绝,实际上丈夫心里一直隐隐作痛,若有所失,只不过竭力忍住就是了。我们要分离数十天,使我不知怎么才好。

　　到南京后办事很顺利,当即决定乘当天的车下午5时前赶回来上课,不料在南京站买车票时与民警冲突,从11时半起,我至下午4时方乘120次列车于晚10时返回亳州。星期五下午又启程乘52次特快于下午6时半到宁,在宁办事没与鸿胜游清凉山吊石头城、牛牛家做客、小姨夫家做客,至星期天晚上乘11时的22次特快返亳。4时到亳,睡到中午12时,起来吃饭然

后去上班。下班后学习,而后在蜡烛下与爱妻写信。

亲爱的,我在车上和南京一直在盼着你的信,怎么搞的,回来后仍没有接到你的信,使我顿觉扫兴。以前回家来,迎来的是笑吟吟的妻子,如今连毫无表情的信也看不到了。

亲爱的妻呀,你在涟水过得怎样,累不累?冷不冷?吃得还好?丈夫无时不在念叨,想起你有孕之身,我的心一直不轻松。这鬼差事,以后是不能干了。我已有意,确实无发展,你就转业,另谋出路。这分离的痛苦,实在是不能忍受。

欣悦家去了没有,他家是否来邀你,都很挂怀。亲爱的,但愿明天能送来安慰丈夫的你的悄声软语。

亲爱的,回家来独守空房,心情十分寂寞。往日的欢笑消失了,只好埋头做学问。亲爱的,你的甜甜的吻、热热的胸怀、紧紧的拥抱,什么时候才能再现?我的宝宝,丈夫心里很不是个滋味,又担心、又思念、又伤情,真舍不得知痛知热的贤惠温柔的娇妻。我的

318

小宝宝，愿你能过得比我担心得好一些。

亲爱的，保重，保重我们的小宝宝。

我的小娇娇，让我抱抱你……

又即：昨夜梦里听说你流产了，不禁大恸，一直到天亮心仍不定，神情沮丧。

夫　峰毅

1982年12年20日

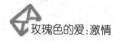

1982年12月24日

亲爱的毅：

　　我来涟水数天，一直未接到你的来信，不知你是否平安返亳，很是惦念。今天终于收到家书，我激动万分。

　　十六日清晨爸爸妈妈送我去车站，上车后没几分钟便开车了，一路上得到领导和同事们的照顾，总算是平安顺利抵沐。不过经长途颠簸，身体有点吃不消，下了汽车呕吐了一阵，那个滋味可真不好受。到了宿舍，小刘已给我铺好床，热水也打来了，我随便洗洗赶忙上床休息。小刘给我铺床时满屋的人都在说我有福气，公公婆婆那么疼爱我，夫君就更不用提了。

　　来到这儿一天演三场，好多演员都病倒了，我这个候补队员此时可成了主力队员了，三天演了九场，而且两个角色穿插着演,这场演素芳,下一场就演满霞,今天晚上这场让我休息一下,明天还要接着演,我演这两个角色从书记到老师都很欣赏,他们都说我刻画人物非常细腻,唱得也很好,内心的活动都能通过脸上的表情表现出来。涟水有好几个老观众都六七十岁了每次我演的时候就跑来听,听完了我的唱就走了。他们对书记说整台演员唱功最好的是演潘大娘的潘老师,还有就是我。书记听了很高兴,他只要一看见别的演员就让她们好好跟我学学唱法。我虽然各方面比她们都强一点儿,但是很谦虚的,所以我们之间的关系还比较融洽,不然的话,大家又要孤立我了。

　　在外面生活还可以,当然不能和家里比了。全团从上到下对我是特别照顾,每天洗脸水都给我打好,甚至连碗都不要我洗。食堂的伙食还不错,反正我尽挑好的买了吃。在外面虽然艰苦点,但紧张的演出、打打闹闹也就不知不觉地过去了,也挺有意思的。

　　二十九日结束涟水县的演出，还要到附近的一个公社去，那个公社特别富，条件也很好。公社书记多次来邀请，其他几个公社也纷纷前来请我们，不过考虑同志们的具体情况，只去一个公社。

　　张欣悦的父母请我去她家，到她家受到了热情的款待，由于时间紧，在她家没待多久，匆匆忙忙吃点饭就赶去演出了。

　　请你们放心，我身体很好，一天演三场戏也不知道累。我和宝宝都非常好，你就不要担心了。

　　没什么事你就不要写信了，我们去公社信不能及时送到，说不定我们到了亳州，信还没到公社呢。

　　不知姐夫走了没有，你有空去看看我妈妈。

　　本来我给你爸爸妈妈写了封信，一想反正什么事由你来传达，就不寄了。

　　代问爸爸妈妈、月荟、希希好！

　　你也多保重，注意休息，不要发火。

　　亲爱的，这几天夜里梦到你总是虐待我，好不伤

1982 年

心啊，好几次都哭醒了。

亳州到涟水的信可能三天才能收到，正好明天有人回亳，我让她把信带到亳州去寄，这样你就可以快点收到我的信了。

吻你

你的芳芳

1982年12月24日

1982年12月29日

亲爱的毅毅：

我现在都难受极了，你也不来封信安慰安慰我，你明明知道我三十号去公社，算算时间也该来封信。这些天伙房的伙食特别差劲，外面的东西又很脏，吃不好，天天累得要命，晚上躺在床上一个劲儿地想哭，亏得你是个知痛知热的丈夫，竟连封信也不来。

我们回亳的日期又要推后，可能元月十五日到亳，某县的县长、工会主席、文教局长等五人赶来看戏，连夜订合同，再三恳求我团去演出，如不去就是瞧不起他们。的确盛情难却，我们决定去演出二十场戏，缩短其他的演出时间。

昨天（星期二）欣悦母亲来请我去她家吃饭，因为欣悦哥哥来了，这天正好我不演出，小刘替我打幻

324

灯，总算是安安稳稳吃顿饭，欣悦父亲比较高兴，对我说了二十六日县委的同志告诉他，他的问题已经基本解决，压在心头二十多年的这块石头终于放下来了，等事情办妥后再给爸爸去信。

二十六号晚腹中的宝宝跳动得可厉害了，我激动得一夜失眠了。从那天以后我心情才好一点儿，好像有了精神依托似的。以后你不来信也没关系了，反正有宝宝给我做伴了。

昨天我和小刘、小明合买了一只大公鸡，红烧着吃。一只鸡吃了三顿，我吃鸡皮、脖子、爪子、肝，其他她俩吃，领导看我吃不好，还把他请人烧的野鸭肉拿给我吃。

不知你的两件事办得怎样了？家里情况怎样？我姐姐的身体如何？

今天发了第四季度奖金，别人二十五元，我因病假一个月只发了十七元。文化局真不够意思，我团报上去发七十五元奖金，只批二十五元。群众意见可大

了,大冷天拼死拼活在外面卖命只有这么一点儿钱。这个月的营养费和出差演出费发了二十八元。

明天会计小王回亳,请她将信交给小余再由小余送到家里,时间紧匆匆写几个字。

我现在又累又困实在写不下去了,我要休息了,明天还要打行李呢。

吻你

你的芳芳

1982年12月29日夜

1979 年

1980 年

1981 年

1982 年

1983－1984 年

1983 年 1 月 6 日
1984 年 3 月 24 日
1984 年 4 月 20 日
1984 年 5 月 11 日
1984 年 5 月 14 日
1984 年 12 月 7 日
1984 年 12 月 11 日
1984 年 12 月 14 日
1984 年 12 月 15 日
1984 年 12 月 25 日

1985－1986 年

1983年1月6日

亲爱的芳芳:

　　你的一纸禁令可把我憋坏了。以往实在是想你了,写封信倾注一下感情,自己骗自己;可现在一点儿音信没有,可真是有点吃不住。想起娇妻在丈夫怀里安详的神态,现在不知怎样,竟好像断了线的风筝一样,心里老是悬着放不下。好容易挨到了今天满指望再有两天心可以放下,和爱妻团聚,不料想小余送来了你的信。看了信,又喜又惊。喜的是你总算平平安安的,惊的是你又推迟了归期,丈夫又得提心吊胆地挨这最后的七八天。

　　亲爱的,我们相识以后,每一次分别,当你或我在异地感觉受不了的时候,双方的感受是一样的。真的,我亲爱的妻,我这几天像掉了魂似的,老是打主

意想办法让你提前回来。我实在放心不下，放心不下你。我有一天做梦你流产了，在梦中就勃然大怒，天明起来，还朦朦胧胧的。亲爱的，我担心我们的宝宝，我担心你这个大宝宝的身体。妈妈也心疼你，但我的心情如此恶劣，她又不能再顺着我，生怕我做出什么事来，只是让我等你回来。亲爱的，我感觉我的耐心已经到顶了，为了继续忍下去，我拼命地工作，分散自己的注意力。可晚上独自回到咱们的小窝，就不由自主地想你了，想得我干脆脱了衣服冻自己，好把这一种说不出道不出的苦情压下去。

　　亲爱的，你在外吃不好、休息不好，丈夫心里难过得揪心，可你再坚持几天吧。爸爸一再对我说，千万要注意，保住宝宝是最要紧的。上次来信说一天演三场，我急得想马上打电话给你，让你注意，后考虑影响才作罢。天哪，当初我怎么会同意你去的！

　　我们的宝宝在你腹中跳得厉害，是不是在提抗议，你可千万小心。我的小宝宝，你可坚持住，平安归

来啊。

　　你走后去你家三次。三十一日晚去你家,易乔已回来了,他二十九日到的,已经办好手续,也报过到了,领导告诉他安排好了家再上班。你姐姐已经好多了,只是得上班。二号我陪妈妈去你家看你妈妈(爸爸原来一起去的,临时有活动没去成),我妈劝她再养几天然后上班。

　　妈妈爸爸给我们买了质地很好的蓝呢子,你可做一个短大衣,我做一条裤子,你也做一条裤子,共需钱二十三元。价格便宜。我买了一床毛巾被,你不在家,我自作主张给了月荟了,月荟很高兴,第二天给我领了一个大褂式的工作服,又允许自买十块钱东西报销,我贴七块二,买了一支好金笔,送给了爸爸,爸爸很高兴。

　　家里一切还算好,妈妈最近老是头晕,去地区医院查的结果是脑血管硬化,让她吃药休息。弟弟也感冒了,月荟来月经心情很不好。我盼着你回来,妈妈

正好也长完了，可以休病假，你们娘俩在家，好好休息休息。最近田菲给月荟介绍了个对象，没有见人，只见了照片，条件还不错，我觉得还行，家里派我先见见这个小子，这个星期天我约李宏一起见见，回来再说。我给月荟谈了一下情况，月荟看起来也感兴趣。这些等你回来告诉你吧。

　　亲爱的，我觉得有好多好多话要跟你说。可明天还要上班，亲爱的，紧紧地抱你，吻你。你自己吃点好的，不要怕花钱。

　　　　　　　　　　　　　　　　你的毅

　　　　　　　　　　　　　　1983年1月6日晚

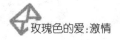

1984年3月24日

毅毅:

你好!那天自分手后我直接上了车,此时人已到得差不多了,火车正点开出,大约两个小时后到达。到了剧场,领导通知当晚有戏,大家没有思想准备,一时着急起来,但是立刻都分头准备,演员排练、其他人装台,全力以赴,保证晚上的演出。在火车上和领导闲谈中,他们得知爸爸写信给付叔叔一事。当天下午由团长陪同前去付叔叔家,并带去几张戏票,演出前付叔叔和秘书到后台看我,当时我正化妆顾不上跟他说话,团长、书记和他谈了一会儿,说来好笑,跟县太爷说话,团长、书记激动得都语无伦次了。演出完,付叔叔又来后台并邀请我去他家做客,我表示感谢,我是不打算去的,临走时到他家辞别一声就行了。

来到这儿除当天是一场戏，其余几天是两场戏。我的任务也挺重的，之所以今天才给你去信，就因为头几天我都有事，而且是彩排的角色，心中没有数，不觉有点紧张，思想必须高度集中，不敢有一点儿杂念。当演完后心中的石头才算落地，松了口气。这才能定定心提笔写信。宝宝，我知道你一定等得着急了吧，看看你，好宝宝，信马上就要到你的手里了。

我和小杨、蒋劲、李老师、刘老师住一屋，睡的是钢架木板床，就住在舞台后面的楼上，木板地、伙房就在院里，吃住都很方便，就是伙食太差，这位新聘来的厨师烧的菜如同烂猪肠子味似的，真是难以下咽，多亏了妈妈给我带来这么多食品，不然的话真不好对付。

来到县城，我还没去逛过，只是到剧场对面的饭店去了几次，谈不上对什么风土人情的感想，也许时间就不允许我去街面上走走了，不过我也不感到遗憾，现在主要任务就是把工作做好，演出好就行了，

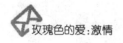

剩下时间看看书,其他就顾及不上了,我觉得这样过得很有意义。

为了不让你焦急,让你尽快得知我的情况,草草写上几笔,此时,还有许多话要说,因受时间制约,还要给妈妈去信,只好暂且收笔。

你瞧,在我心目中你这个大宝始终是占主导地位,小宝宝远不及你呢!信写到这即将收笔,还没问问淼淼的近况呢。白天我是顾不上她的,到了夜晚,淼淼好似就在我身边,梦幻中全是淼淼这样、那样,可爱的神情。不知淼淼的小牙长了没有?这几天又长了什么本事?我没事就拿出淼淼和全家人的合影看个没完,好似淼淼要从相片中跳了出来。我现在可真想她呀!

昨天演完白天戏,在院里碰见张云峰老师,和他探讨了一下戏中的表演,他不免又流露出怨气,精神极差,这时你奋力向上的精神在我身上显出。我竭力地劝说他,振奋他的精神,也许是他刚喝过酒的缘

故，牢骚甚多，谈起什么人生道路，讲得很抽象，他是很羡慕或者说嫉妒我俩的，也是很钦佩你的。他不理解这个社会某些阴点不容一个"真"字，他之所以痛苦就是因为这个，甚至他的妻子也不十分理解他，总是简单类比，没有一个能真正理解他的人，他感到很痛心。我劝他不必这样狭隘，想想中外历代忠臣及改革者不都遭此厄运，断头、灭九族。但他们的精神、思想流传于世、精神长存，这不正是他们付出的代价所换取的吗（其实我只不过把张老师抬高了）。张老师忙不迭地说是呀是呀，尽管如此，还有这么多的人同情他，给他温暖，给了他生存的勇气，谈起喝酒抽烟之事，他说这只不过是精神寄托，用酒精、尼古丁麻醉神经，暂时摆脱烦恼。当大家嘲笑他酒鬼、花花公子时，他真实的灵魂在那被人唾弃的躯壳内痛苦地扭曲，他在挣扎着，沉重的压力使他喘不过气来，这时便渴望寻求一处世外桃源，过一番悠闲自得仙人般的生活，妄想超脱凡间，回避现实，这是绝对不可

能的，我对他说百分之九十几的人都是好的，有的尽管思想简单、浅薄，但他们的淳朴的热情不正是鼓励你奋力而上、抗争的动力吗？我还提到了周导演，张老师与他是莫逆之交。他说回到亳州，请我们俩与他一同去周导家，让你听听他与周导从心灵深处发出的声音。提起春节时去他家"冷落"了我俩，表示歉意，如果去早点他会与你共饮几杯，话语还能谈得投机点。我说你理解错了，峰毅是出于礼貌，才不与你深谈的。从张老师的言谈话语中可以看出他是很尊重、钦佩你的。你的话触动了他，而且能洞察到他的心灵深处，但处于年龄的差异和自尊心，又必须加以掩饰。正说着那群男生来了，大家跟他打打闹闹好不开心，虽然这些人窥视不到他的隐处，但他们有简单、浅薄的思想，淳朴的热情，给予了张老师生活的乐趣。事后，我想了许多许多，张老师是很不幸的。男子汉所求的无非是家庭的温暖和睦，事业的顺利，这两点他都不能享有。时老师是个很称职的贤妻良母，

但一点儿也不能理解他，如同一个在喜马拉雅山上，一个在水平线之下，文化、知识、理解力的不等都会产生这种差异，这是张老师感到痛心难以忍受的一点。再者就是事业上的不顺利，他现在真有点焦头烂额之感，其实按一般人来说，可以满足现状，可谁知张老师偏偏是位想有成就、干一番大事业的人，其结局是可悲的。也许这种结论为时过早，不过在这个社会，环境左右人的情况下，他可能就这样了，也许这也正是他羡慕、嫉妒你的缘由吧。

毅毅，几乎周围每一个人都羡慕我们的姻缘及和和睦睦的大家庭，我也为此骄傲（我仅指感情关系而言，至于旁人外加官衔我不管）。临行前夕，发生一点儿小摩擦，确是有伤情感，自怀孕、分娩、哺乳不知不觉一年多过去了，在这期间头脑里文化知识灌输得少了点，繁重的家务压在我的身上，脾气是粗暴点，但是我渴望得到你的温情、爱抚，也好驱走一天的疲乏。对你发发牢骚，似乎心里还痛快点。有时我

337

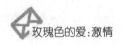

也知道你心情不好,但一时控制不住,还是喋喋不休地唠叨,还望你多谅解。感情是比较细腻复杂、脆弱的,有时你学习紧张,一时疏忽,语言的不慎都会引起我一阵伤感,但为了不引起更大的烦恼,便强压下去,久而久之,必要爆发。但我并没有自惭形秽,那日说了一句话,的确是伤了你的感情,我那只不过是一句气头上的话,宝宝你怎能当真啊!过后我相当后悔,但话已出口,再收已晚,就气气你吧。你想想当我看到你心力交瘁的模样我能好受吗?亲爱的,你是我的精神支柱,我怎能没有你,以后我们别再说傻话了好吗?

你瞧,一写开头,收也收不住了,唠唠叨叨不知不觉写了这么多。在写与张老师对话时,我有意识地练练笔头,不知是否恰当。我在写信时旁边放着大词典,时而查查字,唯恐写错一个字,省得你来挑刺。

对了,你如见到田菲,让他把底片都拿回来,我们自己洗,免得他给弄丢了。小蒋上次给照的相片如

洗出，一定给我寄来。

　　我钥匙圈上有一把小钥匙，是开化妆箱的，你取下来放在信封里寄来，钥匙可能放在滑雪棉袄内。

　　二十五号启程去徐州人民剧场，你来信就寄往徐州。

　　宝宝你一定要保重身体，晚上看书不要看得太晚，注意休息。我不在家，你不要放任自由，一定要掌握好时间，别睡多了，临睡觉喝碗鸡蛋茶，千万、千万别发火，有火你就写在信中吧！代我多美言几句小姨，代我多亲亲淼淼，把我们小家合影和淼淼的小照片寄来，我抽空给天国寄去。

　　愿你：忍！！！

芳

1984年3月24日凌晨1时

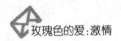

1984年4月20日

亲爱的芳:

　　这几天我非常想念你。想念使我沉郁,这是我上次信中告诉你的。然而这浪郁有如山岳,沉沉地压在我的心上,使我表面上的开朗活泼带有一种讽刺的意味。是呀,只有在乐观明朗的形式下,才能有痛断肝肠的郁结。亲爱的,爱情为什么具有这样的力量呢?

　　接到你的信,心里稍安。看到你又有新的进步,而且能正确地对待自己的进步,苦涩的心里添了一丝甘甜。看到你在舞台上大展身手,不胜羡慕,你何时能在我的舞台上一展宏图? 观乎此,痛哉。古人此

时有"唤取红巾翠袖,揾英雄泪"①之说,我的娇妻,我的知心人,你洞察丈夫的苦闷与彷徨,你熟谙丈夫情绪变化的曲线,你不在我面前,化为夫的"独怆然而涕下",岂不忍耶哉!话虽如是说,但你在繁重的工作中轻松愉快,丈夫还是打心眼里高兴。整整一年中,家务像可怕的妖魔,吞噬了你的青春,有时丈夫看到你粗糙的手和疲弱的神态,真是肝肠寸断,只是因夫无回天之力,只好隐忍下来。现在好了,鸟终于是出笼了,在灿烂的阳光下,你尽情地飞翔吧!

信中有洋十个,令我心惊。我一向开销甚少,又有家庭依托,是没有什么后手不继的事的。你在外,举动皆需用钱,此举怎不令夫愧耶?然妻之心,夫已尽知。想鹏鹏一人,得一妻子尽心相待,顿感天地间暖意融融,使人心醉神迷。亲爱的,你在外节劳、安

---

① 该句出自《水龙吟·登建康赏心亭》*,这是南宋文学家辛弃疾创作的一首词,全词就登临所见发挥,由写景进而抒情,情和景融合无间,将内心的感情写得既含蓄而又淋漓尽致。虽然出语沉痛悲愤,但整首词的基调还是激昂慷慨的,表现出辛词豪放的风格特色。

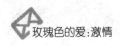

全,待重逢时健康愉快,丈夫认为是最重要的事,一定听丈夫的话,偏不然,真不知如何是好。近几天不知怎的,常冒出一些坏念头。老实说,在想象中,你已几次被砸破了头。你可知有一句歌词:"不论到天涯海角,心上人永远在身边。"我时时刻刻都悬着一颗心,挂念你这个有时做事鲁撞的小夫人。

我在学校学习,两头奔波,鸡蛋也不吃了。好在学校伙食不错,我自己感觉可能胖了一点儿。在学校,由于我的气质不错,有的女孩子想接近我,我长不送地把你当作挡箭牌。相信这些女孩子会适可而止的。

漱漱越来越懂事了,调皮得要命,十分逗人喜爱,胖得不得了。她会拍皮球,会各种各样的玩意儿,特别喜欢上大街,一上街她充满好奇的大眼睛显出若有所思的样子,瞧着摩肩接踵的人们。她已经主动地要东西,要出门,喜怒乐的表情更明显,更鲜明了。她会打人了,当然只是轻轻而已。她表达感情较顺达

342

了，喜欢坐在床上自己玩，会给别人或给自己梳头，等等。总之，她健康地成长。奶奶、月荟、小姨待她很好。

前不久给鹏鹏一信，照片道喝已寄去。

亲爱的，许多话想跟你说，只是不便说。只有你偎依在我怀里，你的馨香的气息笼罩着我时，我才有不尽的话向你倾诉。亲爱的，保重身体，等待重逢的时刻的到来！

紧紧地拥抱你，热烈地吻你！

你的丈夫　峰毅

1984年4月20日

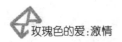

*《水龙吟·登建康赏心亭》

1984年5月11日

亲爱的芳：

回到家（新家）中，才知门牌号不是旭升路16号，也不知是几号，前后都有号，唯独这个院子没有号，因此火速写信一封，你寄信可寄到咱们的小家：红旗路162号1—602。

这次在学校学习，我完全处在女性的包围之中，周围的女同胞，接踵而来，真是应接不暇。你又不在我身边，因此我们的爱情受到考验的程度就比以往的同样事情大得多。看起来，五月一日去看你是最正确的选择，事后许多人都说这样做是十分及时而又正确的决定。我自信不会误入歧途，但周围有许多女孩子，难免会有些人说三道四。即使这样，仍然有许多人有闲话。但我觉得这一次我处在女孩子的种种

进攻中,我的灵魂得到了净化和升华。我一方面感觉到我们的爱情的牢固,另一方面又尽我的能力做了许多好事。这样,一方面使她们的进攻遭到了友善的抵抗,另一方面使她们的苦闷得到解脱。我觉得我真正地实践了我的信念,为别人谋福利而不去损坏别人的利益,破坏他人的幸福,真心实意地为大多数人的幸福而去努力,去处理各种复杂的事务。亲爱的,我感觉到我是你的好丈夫,忠实而热烈的丈夫,同时又是一个热心帮助别人解除困难的好同志,只是多少人由于对我的好感而羡慕你,我想你的高洁的人品,真挚的爱情得到了人们应有的评价。亲爱的,你回来我将把这一切详细地告诉你,让我们一起来探索人们的情感和道德及友爱等方面的问题,一起来探索这复杂而又有充满生气的人生,来探索我们有些什么东西使别人给予这么高的评价和仰慕。

我们的嬿嬿简直好玩极了,其智力真是突飞猛进地发展。她的手特别灵巧,能用两个手指准确地捏

起一寸长的线头，手拾起后，身一吊，手也用两个指头扣住线头的另一端，使劲地搞着玩。这么短又细的线头，她竟能用四个手指扯成直线，再放松再扯直，其准确熟练的程度令人惊异。尤其有趣的是会自己抱着奶瓶喝水，你瞧她那个逗人的样子，坐在那儿挺胸扬头，两手高举着奶瓶喝水，不用说小屁股撅得高高的，喝累了，放下歇歇，再喝。月荟形容说，淼淼喝水像仰天吹喇叭，其有趣可笑可想而知。更能的是，用一只手扶着奶瓶，另一只手轻轻地搞着玩，真是自得其乐。我画一个草图给你看看，画得真草，真后悔以前没有学画。她还知道睡觉，困了叫着指床、指被，给她被子，自己拉过来盖在身上，等等。她长了许多本事，也重了不少，我抱着压得胳膊痛。

亲爱的，七八天没有你的消息，真想你。今天对门的叔叔家把你搞回来的毛线和毛衣给了小姨，说是送来了两天了，可没有你的只言片语，很是失望。托滨海的朋友捎蜂蜜及五月七日寄的信不知收到

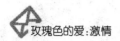

否，很怕你又一次冤枉我。亲爱的，十分想念你，盼望你的信早日寄来。

　　紧紧地拥抱你，热烈地吻你。

你亲爱的丈夫　峰毅

1984年5月11日

1984年5月14日

峰毅：

你好！今天清晨五点多钟就起床了，忙忙碌碌的，打行李，搬箱子，然后再来个汽车的颠簸，下车后连气都不能喘，紧接着又得卸车，真是疲惫不堪，就在这个时候，忽听有人叫我，并把你的信交给了我，哎呀，我车也顾不上卸了，赶忙躲到一边，急急匆匆地将信封扯开。看到丈夫的书信，妻子如同枯萎的小草淋上了甘露，我一口气连看好几遍，方才罢休，赶忙再接着去卸车，也不知哪来的劲头，我干得可欢了。一点儿也不觉得累了，谁见了谁都说小于是女同志里干得最卖力的，甚至胜过了男同志（我每次干活都是抢重的干，不仅仅是这次）。亲爱的，你瞧你的书信竟有这么大的魅力。

　　毅毅,你的信是昨天到的,这就是说往返来信只需四五天就可收到,比我估计的快得多了,我还以为要十天左右呢。

　　毅毅,我是坚信我们爱情基础是牢不可破的,我们彼此相信,我们的精神是平等的,因此任凭外界有什么干扰,丝毫不能扰乱我们小家庭平静的生活,反而会使各自引以对方为骄傲,会使我们的感情愈来愈深、愈来愈深沉,你说不是吗?

　　得知淼淼长了这么多的本事,我高兴极了,恨不得马上就见着她,我的小宝宝。你的画虽然有些拙劣,但犹如一幅中国画,写意形式的,给人一种回味无穷的感觉。你的画再加上我的丰富的想象力,画中的淼淼已活跃起来,我好似就看见她在那儿捧着奶瓶喝水,扯着线儿玩,拉开被子睡觉。太好了,我好像看见了,已经看见了,遗憾的是淼淼一周岁我恐怕还不能回家。我恨不得把时刻表的指针拨得快快的,尽快、尽快地见到我的大宝宝和小宝宝。

你这封信没讲到你的脚病如何，接到信后即刻回信讲明病情。亲爱的，你一定要抓紧时间看，一定一定!!! 不然，我在外面放心不下。

至于别人对你有什么看法，我也不知道，他们在我面前不讲，也许你的背景有点庞大了吧。总而言之，他们是钦佩你的，只言片语可以流露出来，你知识渊博，不是一般的俗人，爱学习、奋力向上的，他们是非常非常羡慕你的。

毅毅，我觉得你现在最需要谦恭，嘴要甜一点儿，古人曾有悬梁刺股，卧薪尝胆之说，你为何就不能有祖先的这种精神呢? 哪怕暂时受辱，也是为了将来有更大的抱负。如果你连一点儿委屈都受不了，还谈得上什么大志，你得学会适应环境，把你那倔脾气收敛一下吧。宝宝，为了你的宏伟目标，就暂时咽下这口气吧。你也得学会怎样保护自己，老老实实装几天哑巴吧，我的好宝宝。形势就是这样，你若不尽快收住，到头来便一事无成，一切、一切岂不都是空妄

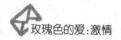

想。毅毅,也许你不同意我的观点,但事实是残酷的,你不承认这点是不行的,还是要给人以朦朦胧胧之感最好,时时刻刻锋芒毕露,其后果是不佳的。你是吃过不少亏,碰了不少钉子的,为何就不改变一下战略战术呢。这种改变不是说心变,而是在处理事情时态度变一下,就是说既是诚心诚意,又不得罪人,这岂不是两全其美,不也为你今后的康庄大道铺垫好了嘛?明知你听不进去,但我还是要说,谁让你是我丈夫呢,别人我才不管不问呢。

不知妈妈五一节去苏州没有,她最近身体也不知怎样了。在滨海我买了八包何首乌粉,托人带给我妈妈两包和十元钱,其他六包我打算几家亲戚一家一包,正好是六家,一包不到一元,价格不算太贵,钱花得不多,意思到了就行了。

明天有人回亳,我想让你尽快地收到来信,便托他将信带回去,匆匆忙忙写了一点儿。

热烈地吻你！

你的娇妻　芳

1984年5月14日夜11点于春辉人民剧场

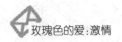

1984年12月7日

亲爱的毅毅:

你好！不知什么原因这么久了也不给我来信,我算了算时间,应该有回信了。怎么啦,你现在的表现可不比以前了。我们以前相约,当收到我的信时,即刻写回信,也许你最近挺忙的,或是别的。

这几天我特别想淼淼,想得我呀辗转反侧,久久不能入睡。在公共汽车上,看见几个小孩,我情不自禁地摸摸他们的小脸蛋,想象着淼淼长多大了,个子有多高了。哎！我这个不称职的妈妈,淼淼的小模样我都记不起来了。只凭着记忆想着,可是还是照片上的小样。我恨不得此时就飞回去看看我的小宝贝。快了、快了,还有二十多天我就能看到我的小宝宝了,也许淼淼见到我会用陌生的眼神看着我,见了面就

躲我，要是真那样，我该有多伤心啊！我这次出来能这么安心地学习，多亏全家人的帮忙，不然什么都谈不到了。你一定要转达我对全家人的感激之情。

今天终于收到你的来信。亲爱的毅毅，你可真冤枉我了，自你走后，我去了两封信，也不知因何故你未收到，估计是有人撕了纪念邮票把信丢了，以后我再也不用纪念邮票了。

宝宝，当看到你那被思恋之火灼得发焦了的心在呻吟着，我真恨不得马上飞到你的身边，抚平轻吻那颗灼热的心。宝宝，我每天在计算着时间，闭着眼睛默默地等盼着回去的那天。真的，我感到外地的一切都是枯燥无味的，我厌恶一切，真乏味。因为没收到你的来信，这些天情绪特差，干什么都没情绪，看来是到回家的时候了。

毅毅，至于去保险公司一事，还是冷静点，既然经理较赏识你，目前他的印象里有你的影子，就不怕日后有再进去的可能。现在最好不要跟学校里弄僵，

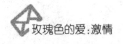

慢慢跟校方做工作,切不可急躁,冷静点!往往年轻人在关键时刻一念之差,毁了大事,遗恨千古。听听父母的意见,他们是很客观地分析问题,比年轻人考虑得周密,这一点你是要承认的。我们都是社会的一分子,一个人的能力是有限的,很多事是要依靠组织。如果背着领导任意行事,那阻力将是无法估计的,我想这些你也是很清楚的。还是要有点组织观念,在学校不要流露出任何不满情绪,免得别人说闲话。现在就要看你是否有抑制力,你从现在就要培养自己的各种情绪和修养,不然一旦走向领导岗位,不沉着冷静应战,光有魄力,也绝不会成功的。我现在感觉在世上办什么事都不是那么轻而易举的,明明是可以一锤定音的,可总还是因为这理由、那理由地拖延时间,让人感觉办一件事是多么不容易啊!好事多磨,抗日战争的时间你都熬过来了,半年只是六分之一的解放战争,这就磨磨吧,磨磨你的棱角。宝宝,你再忍忍吧,还有二十余天我就会回到你的怀抱里,

356

你就耐心地等吧！课一结束我马上乘当天的车赶回来，一刻也不耽搁，飞似地赶回来。

毅毅，告诉你一个令人失望的消息，那卷彩卷因上卷时未上紧，全未照上，庆幸的是全部完好无曝光，不过太遗憾了，白白浪费了时间和感情，真是懊恼至极。

上次田菲在的时候，汪丽雅托他办件事，主要是想通过你找叔叔，这些田菲见面后会对你说的。

估计你第一次来京时的旅馆费田菲报不了，让他交回，我回亳自己报，电视台不能全报，我就到京剧团报，我就不相信报不了。

这个月的化妆课不讲什么新东西了，最后半个月后，自己设计个式样、形象，作为毕业作品，现在没事就去屋里做发式，我打算多做几副假睫毛，回去后作为作品给京剧团，再钩个头套等等，不管怎么说，总得有个作品拿出来。

为了让你早日接到我的信，只好急匆匆写点，赶

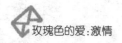

快发走。

　　好宝宝,紧紧拥抱你,热烈地吻你,加倍地拥抱、吻你。

　　我是边吃饭边给你写的信,饭是苟子给我买的,碗是汪老师帮我洗的。

永远永远爱你的娇妻　芳

1984年12月7日中午

1984年12月11日

亲爱的峰毅：

你好！意外中又接到你的来信，我真纳闷两封信就这样不翼而飞了，是别有用心还是别的，会不会有人专拆我俩的信？如果可能的话最好到邮局查查，谁是负责送这个地段的邮递员，太不像话了。

上次我在信中讲了，那天你给我打完电话后，我即刻给田菲通了话，并质问他钢材办得怎样，他说这不是一天两天的事，要慢慢来。我说你要办的事，我们竭力帮你办成，你怎么不讲信用。因在电话里不好再讲什么，之后见到他后我又训他，他一再说钢材的事不同一般，要办成少则两三个月，多则半年，你看，又是一个吹牛皮的人。

昨天（星期日）由单位来人，此人精通外文，而且

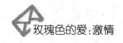

技术很好,他是到长春开会,特地绕道来看。田对他解释后,他好像估计到了,没有任何吃惊和太大的反应，本来打算到平安处,后一考虑贵叔不再找他无用,根本也没有这个必要。

毅毅,我觉得通过这事要接受教训,对什么事不要太认真了,就是我在上封信所说的那样,的确你对什么事都很认真,要在社会上周旋,必须要油滑一点儿,各方面都要估计到。做生意和别的不同,人与人也不同,根据不同的人采取不同的手段,要多长几个心眼,这样才能稳操胜券。还有毅毅,切记,千万不要喝酒,深刻的教训你不能忘了,你喝过酒后,情绪激昂,似乎是大脑清醒,其实不然,在这个时候你实际上已失去自控,禁不住别人的巧言,往往会吃大亏的。真的,宝宝,在你冷静的时候我必须这么提醒你,既然我要扶持你实现你的理想,那么忠告是不可缺少的。你说得对,吃一堑长一智,以后你就会越来越老练的,不然的话,别人总说你年轻,没有经历过艰

苦的岁月。其实你的苦没比别人少吃,关键是你的性格决定的,使人感受到充满了朝气,真的有些时候你瞧不起一些人,但他们身上也有你缺少的圆滑,必要时可借鉴一下。其实道理你比谁都清楚,那么在一定的时候就要头脑清醒,切记:忍!!!最好的榜样是鸿胜。

他们俩的信根据你的嘱托已分别交与双方,请放心。

鸿胜结婚是件大喜事,至于给多少礼钱,待我回去后根据我们的实际情况再作决定。

本来我已给我家写封信,可是不由得痛骂小舅,唯恐我妈妈看信后受刺激,算了,我也不打算给家里去信了,你如去,代问好。

好宝宝,我知道你最近因外事不顺,情绪不佳,此时是多么的需要我的爱抚。好宝宝,快了,还有十多天就要熬到头了,现在我也是心灰意懒,一点儿情绪也没有。因老师生病,三天未上课,我干脆待在屋里整整四天(包括星期日),除了出去给你寄信,电影

也无心去欣赏了。每天等啊盼啊到夜晚，临睡觉前默默地祈祷，但愿在梦中与亲爱的宝宝相会。如果有一晚能梦到了你，那第二天的情绪是非常可观的，反之情绪一天也上不来，苦啊，分离之日，苦熬人也。

我巴不得每天都收到你的来信。宝宝，我一定遵约，尽管最近学业紧张，我也要抽空给你写信，哪怕只写几个字。

上次我团发的可能就是独生子女费，如果你搞不清楚，可以打电话问问团长或是小磊。

不知电视台到年终是否要结账，我这些报销单是回去报还是现在寄去，是你打电话问问于叔叔，还是我去信请示台长？来信告知。

得知淼淼会跳舞了，我太高兴了，我真想以后一旦有钱了，给她买架钢琴，好好训练她，热爱生活，兴趣广泛，从现在起就要好好地培养她。我想死淼淼了，不过大宝宝，说句心里话，现在我第一个想的还是你，淼淼只能放在第二位。我这个当妈妈的很不称

职啊。

时间不早了，该休息了。

紧紧地拥抱你，热烈地吻你。

你的娇妻　芳

1984年12月11日凌晨1点

1984年12月14日

亲爱的阿毅:

你好! 来信及汇款均在今日收到。我太高兴了,能在回去之前办好手续,免得我提心吊胆,回团去也不踏实,到电视台又不是正式的,这个滋味可不好受,这下可就能心安理得,心情舒畅地到新单位报到了,这可真是了却一桩大事,至于你的吗,如今还要慢慢来,耐心等待吧。

我把王和田的信一起交与田,他看完后认为大可不必把信给王,他就是这样一种人,平时把叔叔挂在嘴头上,好办点小打小闹的事是上不了桌面的。毅毅,我自认为你的信中言辞是有些过激,明日(星期六)我把你信的内容传达给丹丹(写纸条)带给王,让他速给你回信,你看这样是否妥当? 往往在激动时容

364

易出差错，毅毅，冷静点好吗？看看王这次怎么讲，然后再说。其实他只是拿贵叔当幌子，吓唬一般的人，谁知碰到了我们，他现在也很难堪。吕去他家只是丹丹说叔叔还没回美，王闭口不提贵叔的事，吕心里很有数，也就不提什么。上次吕方来的人一听介绍不以为然，好像已估计到了，也就不当一回事。吕并没因此事恼怒或难堪，请你不要担心，他会给你去信的。汽车的事，我对他说了，他说尽可能帮忙，不知现在他手中是否有车，如有就好办，万一没有还需等待，所以接受上次的教训，不要太认真了，不要抱太大的希望。因为一些事都是人托人的，哪怕有一节脱了都不好办。据吕讲，希望能抓住新的信息，如他以前搞到一批汽车，当他公布于众时，当然是已经办成了，不然他是不会公开的。再者，当大家意识到这笔生意可做时，价格相应地都要提高了，所以如果再让他搞东西的话也要等时机，还有个时间。这些吕可能会对你说的，他答应明天给你去信。我刚给吕烫完头，还

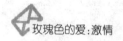

不错,我打算在这十几天里争取多烫几个头,他们答应给我找几个模特,等我练熟了回去好给你们烫了。

毅毅,你抓紧时间给我写点东西,大概二十二号表演班就结束了,举行文艺晚会,你一定要赶在这之前给我寄来。估计我这封信你星期一收到,为了让你一上班就能看到我的信,还是寄到你学校。

亲爱的,我太想你了。有时做梦,我俩紧紧地拥抱在一起……然而醒来却是孤身一人,好不伤心哟,直想掉泪,我真恨这时间过得是这么慢,巴不得现在就扑到你的怀抱里,幸亏只有十几天了,时间再长真受不了了,但愿在梦中再见到你。

紧紧地拥抱,狠狠地咬你。

你的娇妻　芳

1984年12月14日零点

1984年12月15日

亲爱的毅毅:

你好!收阅你的信我真高兴,不为别的,只为你可接到我的信了。我非常了解十几天未收到信的痛苦的滋味。毅毅,好宝宝,委屈你了。以后寄信在你未调走之前就往学校寄,我不想寄到家里,怎么样?这样保险吗?在这之前我往学校发了两封信,望收查。

毅毅,我的皮大衣暂时不要买吧。你这次来京开销很大,不知公家的钱均还清否?再者,我回亳要买很多点心及其他东西送亲戚,还有鸿胜结婚,给小姨的钱等等,这都需要用钱,还是拣主要的来开销吧。北京的皮大衣较贵,还是不买的好,待以后有闲钱,请叔叔帮我们买便宜点的不也很好吗?皮大衣的事以后再说吧。

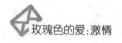

　　毅毅,我觉得你现在还是沉不住气。通过一系列的事,感到你搞党务胜过搞经济,因为从小受家庭的熏陶思想正统,在政治斗争中有一双敏锐的眼睛,什么问题看大的方面,决定策略有一套一套的办法。搞经济做生意的就必须像叔叔那样,你现在就缺乏这种圆滑,必要时还须斤斤计较,这是做生意的一种本能。目前,你还未具备生意人的一套手段,这样看起来似乎你做生意不太适宜。既然老头子想把你培养成政界的人物,他是根据你的条件发展趋势来作出判断的,的确这两条道你要慎重地抉择。目前,你最最主要的还是一个"忍"字为之,不要以为入了党就万事大吉了,还是要谦恭点,多干少说,不要让别人对你产生别的看法。宝宝,你不光在外边忍,在家同样也是,千万不要跟父母争嘴,说什么就听什么,别还嘴。为了淼淼再忍忍吧,好吗?

　　昨天电视台来人带来台长的一封信,他们很关心我,问我是否有困难。我说没什么,就是缺钱,估计

过几天就会给我汇钱来的。这几天忙得不亦乐乎，晚上下了课回来又干了一会儿，等上床一看又快十二点了，约好三天给你写信的，不管怎么说哪怕写两个字也行。

得知淼淼长这么大了，我真高兴，不过我很担心淼淼的智力发育，回去后，如果可能的话，能不能提前送幼儿园，让她多接触事物，总比老待在家里强得多，我想这样是不是能使她智力得到充分的发育，可能这么小幼儿园不会收。不知淼淼现在是否会自己大小便了，如果大小便能自理，那么入托是不成问题了。

宝宝，你别老惦记着我，我一切都很好，我生日那天，你如有空可以到我家去一下，声明一下，如生日首先要敬母亲一个礼，孩子从降临世间到哺育长大父母亲吃了多少的苦，受了多大的罪，儿女只有好好孝敬老人，才能对得起老人的养育之恩。

紧紧拥抱你，热烈地吻你。

你的娇妻　芳

1984年12月15日凌晨1点半

1984年12月25日

亲爱的毅毅:

你好！我15日、19日分别给你寄去两封信,至今未有回音,不知家中近况如何,甚念。

我们于12月22日下山,住在北周山干休所招待所里,每天去南京医院拍戏,大概医院拍三四天,然后换场地,不过住处均在招待所。

我这些天天天在等盼着你的来信,直到今天还未收到。那么我不能再等了,不然的话你也要焦虑,我特别想念你和淼淼,现在也不知你们怎么样了,做梦也在想着你们。

昨天台长和主任来看我们,临行前主任给家里打电话问问有什么事,很遗憾你没有接着,不然的话,主任能给我带来你的信息。他们大概要星期六返

亳，主任说一定要到我们家看看你。他说他早就想上我们家去，只是怕别人说闲话，就像刘贵棋似的。我们文艺部每个同志的家他几乎都去过，唯独我们家没去，他说今年春节是一定要去拜访的。

　　我在邮筒开箱之前匆匆写几个字，现在我们正在拍摄现场，大家正紧张地忙着，我躲在一边悄悄地写着，一看手表时间来不及了，下一封信会详细给你介绍情况。

　　我一切均好，勿念。

　　紧紧地拥抱，热烈地吻你。

　　代我亲亲淼淼。

你的娇妻　芳芳

1984年12月25日上午

1979 年

1980 年

1981 年

1982 年

1983－1984 年

1985－1986 年

1985 年 4 月 7 日
1985 年 4 月 25 日
1985 年 5 月 18 日
1985 年 6 月 23 日
1986 年 9 月 8 日
1986 年 12 月 2 日

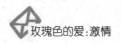

1985年4月7日

亲爱的芳芳:

　　匆匆一别，又过去了几天。回来后果然不出所料，父母大大训斥了我一顿，声称就此事去看你是愚蠢的行为，你没有什么事，这也不是什么机会，不可能对你的调动产生什么影响云云，又阻止我去找文化局的领导。我没有办法，只去找了小磊，谈了情况，转交了信件。小磊倒是同意我的看法，他也认为这是一次机会。小磊透露李书记可能不久要调走，他认为他们肯定会处理的。你瞧关于你的事目前就是这种状况，你只有耐心了。我的事也是一点儿进展也没有，唯有等待。

　　郑安全已来信，客商已不来了，信中略有责备之意。广东方面尚未来信，小姑父单位成立一个贸易公

374

司,他准备与港商谈谈。汽车的事我准备再想办法,无论如何,也要搞出点名堂出来。最近党校招生,妈妈动员我去报名,我想这也是条路。目前学校尚没有动静,只好等等。回来后心里很闷,惆怅得很,老想独处,不想说话,想喝酒,想醉了拉倒,干什么都没有兴趣,我的感觉是一步步走向深渊,眼看自己这样,实在是与本意不符,可也没有办法。但我仍怀有希望,我开始锻炼身体,追求形态的美,积累今后必备的身体素质。我的心开始沉寂,看来社会不欢迎我现在出来做事,我想再等待几年,可我已没有什么时间了,想到这里心里很难过。人与人之间的利益之争太使人心冷了,我现在只想躺在你柔软的怀抱里休息一下,我太累了。追求越高,苦闷越多,我有理想、有抱负,但苦于无用武之地,心情是乱七八糟的。

亲爱的,让这些烦恼事见鬼去吧!人还是要活下去,要解脱的。这个社会造就了我,我一定会找到我的位置的。唉!越写越烦了!亲爱的,你的丰乳运动

还要进行,找电工要一点儿塑料胶布(透明的或不透明的),在外面贴上不漏气即可。我希望在换季的时候,我们两人都能有一个美的形体,这样会在我们苦涩的社会生活中,增添一些使人心情愉快的东西。我要在你回来时,送你一个肌肉饱满的血肉之躯,让你领略男性的阳刚之美。亲爱的,你打算怎么做呢?我的娇妻,我想念而又不能多说,以免影响你的情绪。

　　紧紧地拥抱你,热烈地吻你!

你亲爱的丈夫　阿毅

1985年4月7日

1985年4月25日

亲爱的毅毅：

你好！今天打完电话不久，李书记便把我的家书送来。亲爱的，自那日接到你的电话后，稍微平息下来的心情又开始焦躁不安，担心淼淼的病怎么样了？妈妈的身体怎么样？最关键是你的情绪是否还受某种影响？亲爱的宝宝，实在是没有办法，事与愿违，那天接完电话后，我就找团里的领导，他们考虑到演出情况没有同意我走。我力争了整整一天，他们又再次地研究，在女角色的安排上怎么也调不过来，因这次出发本身女演员就少，再加上中途有一位年轻的小老旦因奶奶病故回去奔丧，到现在还没有来，如果她在的话就好多了。其实这几天我的事并不多，就是跑跑龙套、女兵，现在连四个女兵都不够，人全都上了，

377

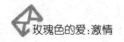

只能减为两个女兵,有时团长也给我跑龙套。目前就是这种情况,打电话时我特意让书记说几句,没有别的意思,只是郑重其事地让他们知道我们是顾全大局的。我再三给头头们强调,妈妈也有病,她现在是带病看着淼淼的,为了我不影响剧团的工作,她忍受了一切困难等等。所以他们都说到底是党的干部,觉悟就比普通老百姓的高。

我现在一有空就找书记谈,其实书记也挺可怜的,他自己做不了主,什么都得听上面的,他说他现在是猪八戒照镜子——里外不是人。我就对他说其实你不要太武断了,像这种事,又不是你一句话说了算的,你可以召集几个团支委研究一下,拿出个决定,上交局里不就行了吗?现在他已答应回去一定研究,他现在也觉得再拖也不是个办法了。

那份材料我整整写了六张纸,写得都很具体,没有一点儿虚假的成分。写完后,我给杨芷平看了一下,他说基本上可以看明白,就是屋子的草图没画出

来。他说他画得很好(这是一种虚荣心的表现)。他还说:"你写得像小说一样,其实这个吗,只要把事写清楚就可以了。"书记看完后还比较满意。

你瞧,现在领导一见我都很不好意思,一个劲地表示歉意,一再解释。算了,还有几天时间也别跟他们争个高低了,只要能让他们心里不是滋味就行了。今天听说淼淼的病好点儿了,我的心才算是放下了。那天晚上接电话时淼淼在电话里喊了几声"妈妈",当时我实在控制不住自己,对着话筒(也就对着淼淼)在那里哭,我越想我这个做母亲的太不称职了。眼睁睁看着自己的骨肉在那里受着病痛的煎熬,却不能前去抚救,我明明知道回去是不可能的,但有万分之一的希望还要去争取,急得我死命地揪头发,扭身上的肉,用体罚来惩治自己。亲爱的宝宝,我是一个不称职的妻子、母亲,但这并非我愿啊!

好歹还有五天的时间,这时间太难熬了。三十号回亳已经定了,今天书记打长途给亳州铁路局订车,

我们包一个车厢,到了那天你不要来接我,我随身带的东西不多。

丰乳器按照你的意思,我找了透明胶布粘上,不知怎么的,还是漏气,所以一直没有用上。

亲爱的,让我们静候着那幸福时刻的到来,我真恨不得把你全部吃进去,亲爱的,紧紧拥抱、吻你。

你的娇妻　芳

1985年4月25日

你对妈妈解释一下,那天打电话时,我抵制不住自己的感情,在那痛哭流涕,以致说话也语无伦次了,出现那种尴尬的场面,我现在是不调出京剧团,誓不罢休!!

1985年5月18日

亲爱的芳芳：

目前闻卿来电话两次，因知妻心之如麻矣，然苦于无由通气，遂使妻惶惶终日，又接卿信，语意亲乱，知妻方寸之乱也！丈夫惴惴不安，复感妻之深情，遥想东南，心游而神驰。今天也接一信，妻语气平实，想来心境犹安，丈夫亦安心，不复苦虑妻悬心而念的惶急。

15日去地区医院看脚，医生说是过去曾有伤，致使骨质增生，服药理疗即可。此病属不值一提之小事，因丈夫忘记妻在外时刻挂念丈夫的心情，乱诉苦处，劳妻虚惊一场。

亲爱的，事情虽近可笑，但丈夫心里很温暖，有人想着总比没有人想着强，何况妻子是知痛知热的贤妻呢？想到这，真想抱着你，吻你。幸福，我想就是

这样吧！我们对未来的幸福是设想不出来的，只有在我们的现实生活中，才会体会出我们的幸福所在。

亲爱的，你的忠告很使我敬佩，一如我敬佩你心急如火，忧心如焚而不离团回家的理智一样。唯唯诺诺一味顺从的妻子，即使温柔得使人像在温柔乡里做梦，也不会使人感到幸福的。但是在现在这个过渡的变革的时期，要想做点事就要得罪人，两全其美之路很难得到。说实在的，为了腾飞青云采取韬晦之计是与我的信仰相违背的。如果一味圆滑，就会丧失本性。心地无私天地宽，为了一己私利而蹑手蹑脚的，不但与愿相违，而且连才气也会丧失的。江郎才尽，还应在此。我现在考虑，处处锋芒毕露当然不好，要虚怀若谷，对任何事情始终要有个虚心的态度，对任何事情不采取匹夫之见拔剑而起，此不是勇敢的做法，而是审时度势以积极进取的态度去处理各种复杂的问题，对付各种复杂的场面，这样才能保持独特的个性。总之，在处理各种问题时，都要以积极进取

的态度来处理。前一段时间我们消极的态度，为处理关系而处理关系，结果并不妙，反而被人认为软弱而拿你一把。一是虚心，二是无私，三是注意时机，四是积极进取，五是努力工作，我想我会被大家承认的。妻的忠告，丈夫接受了一部分。固然大智若愚，然而事情总有它自己发展的内在规律性，事情不发展到一定的程度，很难说一下子就变乖了。真的，我不是个乖孩子，我也不想学乖，但我是会变得深沉而不精于世故圆滑得腻人的。这要以我对社会的认识程度和年龄为转移，吃一堑，长一智，阅历越丰富越深沉，而且内含的热情也越高。适应环境，说起来容易，做起来确也不易；不过我也不想为适应环境而适应环境。如果环境是不好的，适应了，反而被环境同化，不是也成了庸人了吗？要既适应又不适应，这样才能发展，才能前进。这里又引出一个斗争的问题。确实，回避矛盾这不是一个有志青年应有的态度，正视矛盾、解决矛盾，才是唯一正确的态度。我这个人是有缺点

383

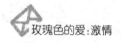

玫瑰色的爱:激情

的,自视甚高而不拘小节,容易为小人而攻讦。针对这点,我虚心待人而注意小节,大胆工作,我想我会有新的进步的。说真的,我觉得我将再生,很长时间了,一直酝酿这个再生,我想在妻子的帮助下将步入自己的成熟期。

妈妈身体不太舒服,前天去看病顺便去看了妈妈,气色颇苍白,我想恐怕爸爸去世的日子快到了,心情不好吧,妈妈的胆仍然痛。

老刘考电大270多分,估计录取不成问题,此事可贺也。南南也挺好的,叔芊身体也挺好。我感觉叔芊及老刘对我比以前更贴心,此又可贺也。

潇潇现在知道和人亲了,她和我亲热的时候,我总在想芳要是抱着潇潇……待你回来时,正是潇潇最讨人喜,又不惹人恼的时候,可以说是正好。

本月我定妈妈25元钱,妈妈问我给小姨钱吗?我说没有,因没钱了,妈要我先把钱给小姨,我没理。妈要给我们箱子,我没要。对家里的有些事,我很烦。

384

　　小姨急着要回去割麦子,我也没有一点办法。好在你们提前回来,小姨也安心了。

　　外语学习正在赶,争取赶上学好。

　　别的没有什么,只是很想你。我这个人很重情,老是割舍不下。一回想我们在那个小黑屋的恩爱,真是让人肝肠寸断。好在只有十几天了,愿时间老人变得年轻一点儿,你早日回到我的怀抱。

　　紧紧地拥抱你,热烈地吻你。

你亲爱的丈夫　毅

1985年5月18日0时30分

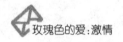

1985年6月23日

亲爱的毅毅：

你好！本不想给你写信，但又恐不能星期天归来，见字如见面。我尽量缩短在京时间赶在星期天到家。

今碰到小源（他去电视台借抢答器）和他聊聊，他说现在搞煤最合适，比汽油有赚头，他的弟弟在无锡农村一个发电厂，煤的来源全是高价，他指名要大王庄矿的煤，每吨110元，至于热卡什么的不怎么讲究。总而言之，只要是这个矿的煤，都符合他的标准。我已让小蕴与他联系，以后你可以设法找到张大哥搞点煤出来，这样倒手的人少了，赚头也就大了。我把你的想法粗略地对他讲一下，他说款子好说，他可以给解决一二十万元。他的意思你先请假干几次，那

边情况不错了，再辞掉这边的事，他提供个信息，刘万水曾去海南考察回来没多久，说是那边的生意特别好做，面粉约0.80元一斤，大米约0.60元一斤，地区差价特别大。我看你如想做这个粮食生意，要抓紧干，要赶在粮食局人的前面，考试的事能补考就补考，我认为南下是当务之急的大事。汤伯伯今天见到我又问起粮食的事，我说你出发了等回来要跟他商量具体大事，他答应了。小源说好星期天晚上9点到四楼来找你，如没来，那么就星期一或星期二来，总之他一定要来的。煤的事徐路那边算了，以后直接和小源联系就行了，减少中间环节。

　　哎！真烦心，说有事，什么事都挤在一起了，好在小姨也回来了，淼淼就由她来接送。好了时间到了，我还要到幼儿园跟淼淼打个招呼，不然她会有意见的。你走后，我买了一只烧鸡，全她一人吃的，我只享受了一点儿鸡皮，就这样还没吃够，不过这次她没生

气,她知道全是自己吃完的。

亲亲你,毅毅!

娇妻　芳芳

1985年6月23日下午4点

1986年9月8日

亲爱的毅毅：

　　你好！今天下午老刘来电话，口述了你的电文，我记录下来。你反应得还挺快的，我这里不可拍电报，你想到了大姐厂里，真不错，她那儿保险多了，而且我每天都回单位，本来打算你走后我妈妈来四楼住，可是家里放着这么多糯米，再说我妈妈也不去幼儿园了。她每天和后楼的王姨一起炸油饺、糖糕、烧稀饭，下午4点多钟到学生食堂去卖，每天净赚五元多，干9天相当于在幼儿园里干一个月，妈妈现在情绪挺好的，老刘抽空帮着送稀饭、掌勺，大姐也帮着干，妈妈一个人绝对干不了，我有空也要帮着干。

　　你给小源去电时他正好出差去北京，这封电报从传达室到院务部，然后又传到军需科，最后才辗转

到了卫生部,搞得几乎满院都知道了。6日我把你给我的来信中重要的部分摘抄下送到小源家,再一个看他从京返回否?他还未回,小洁接待了我,并告知我这个情况。所以我连夜给你去了电。后来我跟老刘说起这件事,他说当初你走得急,没来得及告诉你以后打电报,要么毛巾厂,要么电影公司,传达室的人和老刘关系很好,我姐姐厂也是很安全。你还挺机灵的,已经这样做了。

现在亳州煤涨得相当厉害,短短几天工夫大王庄矿的煤已达到130元/吨,入冬估计要涨到240元/吨。苏南煤价已达到187元/吨,而且就这个价还要打破头才能买到。全厂长要的3万吨还没到,小刘给送了2000吨,115元/吨。这是他亲自跑到矿里给接到的,现在大票根本就开不出来,必须先汇款然后再开票,汇晚一天,煤就让给别人,那么你还要往后排,现在开票的人比电老虎还厉害。

晚上搞完节目已9点多钟,我带着你的电文及小

刘关于煤的信息到小源家,还是小洁接待的我,她说小源到客运公司去了,中午就没回家,晚饭也就在那儿吃的,小源同客运公司的经理关系很好。小洁还说小源自从北京回来后,除了上班,下了班后几乎不沾家,每天要到夜里10点多钟回来。他也很着急,原先答应借款的那些人,到真的了,又以种种原因、理由推辞了,小洁说他现在是抱着万分之一的希望在努力。现在煤一次也没做成,矿务局那边我也没去找,主要是没时间,过几天我去碰碰运气。说实话,我不愿跟这些老爷们打交道,知道你急需用钱,我也很着急,总而言之,我自己努力,争取做成一笔煤的生意。

昨天在路上碰到小纪,打听一下你走后机关的反应。他说都是小郭的嘴快,你开完介绍信没几天,他串到你办公室说了句:峰毅去深圳了,扭头就走,这下子满科室沸腾起来了。两个科长意见最大:"这位同志这么无组织纪律性,出去也不请假。"但至于去深圳干什么?谁也不知道,议论一两天后渐渐地平

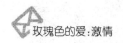

息下来，现在也无人去提这个事了，小纪说看这个情况机关恐怕是待不长了。阿毅，你考虑一下啥时候回来比较合适？真想念你，淼淼天天念着你，而且说想你，眼泪还真的流了出来，感情可真丰富。你也不来信，你说过的争取一星期两封信，这几天我天天等着盼着，总是落空，但愿明天能看到远方的来信。

我现在都不敢去你家，妈妈总是问我你来信了吗？来长途电话了吗？什么时候回来？爸爸出去旅游了，临走头一天让我和淼淼回去吃的饭。他们估计要出去十几天。

舟舟10月1日结婚，二姑要送他100元钱，你妈妈蛮不高兴，但随大流还是要给100元钱，我和月荟每家给20元，妈妈说20元够可以的了。

毅毅，你大概什么时候返亳？那边生意联系得怎样了？念念。

今天小刘对我说张豪昨天去外贸土产公司吹了一下午的牛皮，还把营业执照给别人看，小刘担心你

斗不过他，和他绕在一起，你说不清道不明，他这个人声誉太差了。

阿毅，你现在一人在外处处要提防着，多长几个心眼，你太实诚了，该逢场作戏就得逢场作戏，千万千万别让人家给骗了。别人奉承你的时候要问一个为什么，不要只听好话，要多反思。晚上怎么也睡不着，索性起来给你写信。

我和淼淼紧紧地拥抱你，热烈地吻你。

你的娇妻　芳芳

爱女　淼淼

1986年9月8日夜11时—9月9日

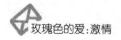

1986年12月2日

亲爱的毅毅:

你好！真是度日如年，仔细算算出来有近二十天了，也不知是怎样熬过来的，每天只要稍有一点儿空就拿着照片看个不够，看着看着不由得热泪盈眶，思念之情难以言表，只渴望能尽快得到你的书信，见字如面，能暂时平息内心的焦躁。自发出信后就天天想象着信已经走到何处，几时才能送到你的手中，听说从我这里到上海的信也需四天，那么到亳州就要更长的时间了，看得我心躁难忍，望穿双眼。亲爱的毅毅，我十万分地想念着你和淼淼，白天想着你现在干什么了，早饭、中饭、晚饭是怎样解决的？晚上回来和淼淼在一起是怎样度过的，我现在非常非常地羡慕你能和淼淼在一起，我真恨我自己，真是个不称职的

394

妻子和母亲。我现在越来越离不开你和淼淼了,这种
感觉越来越强烈了。今天王芸爱人从上海来,带来了
你的信及五十元钱,我激动地抱着她的脸使劲地咬,
好像她是一个使者给我带来了幸福似的。当时她被
别人拉走了,我说什么也要她赶快把信给我拿来,我
连推带拉地把她拉进张老师的屋里,拿到信后我什
么也不顾了,连滚带爬地跑进屋里,迫不及待地拆开
信封,看到那熟悉的笔迹,顿时眼泪流了下来,我也
不知是怎么看完的,泪水哗哗流个不停。亲爱的宝
宝,我们的心情彼此一样,都为离别而伤心、痛苦、烦
躁不安。亲爱的,虽然现在我不在你身边,我一定经
常写信,慰藉你那颗痛苦的心,今天我哭肿了眼睛,
不敢下去吃晚饭了,丽丽和大宋跑来连哄带拉地把
我拽下楼去,吃完饭,小辉、大宋又跑来安慰我,给我
开玩笑。虽然我想家,但不能影响工作,我让自己的
情绪稳定一下,就同大家一起乘车去拍摄现场。明天
有人下山去杭州,为了信能尽快到你的手中,我现在

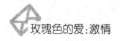

趁拍摄空间,匆匆忙忙地给你写信,因为那人明天要五点半下山,我要抓紧给他。我们现在抓紧拍摄,晚上都要搞到凌晨一两点,就这样还不能按预定计划完成,可能还要拖后,看到进度这么慢,真是心急如焚,真受不了。亲爱的,这可怎么熬啊!我真要发疯了,只不过在众人面前压着这种情绪。今天我是实在控制不住自己的感情了,现在别人不能提,只要一提,感情闸门就打开了,是抑制不住的。宝宝,我现在希望你能多给我来信,一封信写得越多越好,把你和淼淼的情况一点一滴地告诉我,到杭州拍戏时我找机会给你打长途电话,我一定要听到你的声音。亲爱的,你如果有时间最好能天天给我来信,宝宝,我想你想你啊!

来到这里,我已发了一百零五元钱,听说化妆的最低能拿四百元钱。这个剧组给发的劳务费,比在自己本台拍电视剧强一点儿。钱的问题,你就不必担心了,我买了棉袄两件,毛衣三件,衬衫和电热毯后还

余九十元钱，加上你又寄来了五十元，足够了，电热毯是双人的，价格二十二元五角，是出厂价的九折，用起来可舒服了。这样就解决我们冬天的大问题了，宝宝，田菲答应买的皮夹克买到没有，让他一定要买到，听说过了元旦这些东西还要涨价。这个电视剧拍完能拿点钱，你不必担心。

得知淼淼这么懂事，我真高兴，我现在一闭眼就是淼淼那可爱的小样，还有你那深情的眼睛和那宽阔的胸膛，真想靠在你的胸膛上歇息一下。亲爱的，我渴望着你的吻，你热烈地拥抱可怜的我，深深想念着那可怜的丈夫。

亲爱的，你在梦中抱抱我吧！吻吻我吧。

思念你的妻子　芳

1986年12月2日

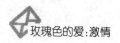

　　12月份的工资我已取了一百元,等我回家后再把四十元钱给我妈妈,亲爱的宝宝,你在家吃苦了,如果没钱可问我妈妈要点,不要客气。我们在山上,拍完还要到杭州市内去拍,我姐姐需要买什么让她给我来信,就寄到《痴痴我心》剧组我收就行了。

后记

这是一套"编"的书,但"编"却不易,所以要写个后记,为我能"编"此类书而表达谢意。

我要感谢复旦大学的校领导,2011年10月8日,正是校领导的直接支持,我才有机会成立复旦发展研究院当代中国社会生活资料中心,启动搜集中国民间资料。感谢复旦发展研究院的领导与工作人员,他们一直全力支持中心的资料搜集工作。感谢复旦文科科研处在我缺少经费的时候,总是千方百计提供及时的帮助,确保书信的搜集一直没有中断。

我要感谢中国哲学社会科学基金会,他们为我的资料搜集工作立了2012年的国家重大项目(项目名"当代苏浙赣黔农村基层档案的搜集、整理与出版",批准号12&ZD147)。本丛书的出版是该项目的中期成果。

我要感谢上海斯加自动控制有限公司石言强先生与北京退休老干部蔡援朝先生,他们为资料中心打开了书信搜集的渠道。

我要感谢美国加利福尼亚大学洛杉矶分校人类学教授阎云翔先生,感谢他负责组建的国际学术委员会,国际一流学者

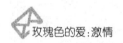

的参与将有利于书信的研究与解读。

我要感谢资料中心研究员李甜老师,他一手负责了书信搜集的具体工作,感谢我的博士生陆洋、郑莉敏,她们为书信搜集做了很多工作。感谢来自现哈佛大学博士生朱筠,她是最早的书信整理志愿者,这里出版的部分书信就是她输入的。感谢所有来自美国、中国的书信研究的志愿者们,你们的热情总是给我以动力。感谢上海著名的知识产权律师为资料中心提供的律师文件,为家书出版提供了法律支持。

我要感谢天津人民出版社的社长黄沛先生、副总编辑王康女士,感谢本书的责任编辑郑玥、特约编辑王佳欢,你们辛苦了!

最后我想说,这套书出版了,复旦发展研究院当代中国社会生活资料中心以及所有人这几年的努力都值了,因为这套书表达了我们的一个心愿:我们所做的一切,都只是为了那"永不消逝的爱"!

张乐天

2016年12月10日于沪